「いけません……こんな場所でっ」

雨の音が少しずつ弱まり、そのむこうに明かりが見える。

「欲しい、今すぐ、おまえが」

ARLES NOVELS

# 幾千もの夜の秘めごと

華藤えれな

ILLUSTRATION
梨とりこ

この物語はフィクションであり、実在の人物・団体・事件等とは、いっさい関係ありません。

# *Contents*

# 幾千もの夜の秘めごと

# 1

ゆっくりと横になると、満天の星空がやわらかくふたりの上空を覆っていく。

透明な青白い月に照らされた静かな砂漠。

ぬくもりを求めて指先を絡め、手と手をつなぐ。

そうやって寄りそううちにそれぞれの体温が衣服越しに皮膚へと浸透し、ふんわりとした温かさに心まで満たされていった。

「ここで、ふたりで永遠に暮らさないか。この自由な場所で……」

ふっと耳もとに触れる彼の吐息。一瞬、背筋がぞくりとしたのは……彼の息の熱さのせいだろうか。それともその言葉に胸が突かれてしまったせいだろうか。

――ふたりで永遠に……ここで。この自由な場所で。

それができたらどれほど幸せか。だけど彼の立場、そして彼の将来を思うと。

「無理です、どうかお立場をお考えください。あなたさまは……」

静かな声で、しかし強い意志をもってきっぱりと言おうとした刹那《せつな》、彼の腕に腰を抱き寄せられる。顔をあげるや否や、彼の唇が言葉の続きを呑《の》みこんでいった。

「……ん……っ」

弾力のある唇に愛《いと》おしげに唇を啄《ついば》まれ、肌がざわめく。と同時に、殺しきれない切なさに胸が焦げそうになる。

「わかっている、惺《せい》、おまえは正しい。いつもそうだ。だけど、なにも言うな。この一夜《ひとよ》は、ふたりだけの秘めごとを……」

音もなく、風もなく、ただ月と星と砂だけしかない、どこまでも静謐《せいひつ》で清浄な世界。

――一夜だけだ……一夜だけの。

ただ一度の、儚《はかな》くも狂おしい秘めごとのはずだった。

あの夜、初めて彼と身体《からだ》を重ねた――。

ひんやりとした砂の上に敷いた彼のアラブ服を寝床代わりに。あとにも先にも、ただ一夜の夢だと信じて、惺は彼の背に腕をまわしていた。

*

ジリジリジリジリ……。もう何分、目覚まし時計が鳴っていることだろう。

美しい砂漠での、なつかしくも切ないひとときの夢――その甘く狂おしい余韻をぶち壊すほどの激しい音に、加嶋《かしま》惺はハッと目を覚ました。

「惺、うるせえぞ！　その音、さっさと消せよ！」

さらに隣の部屋から聞こえてきた大声に、惺の意識は完全に覚醒《かくせい》した。隣に住んでいるのは同じ職場に勤務する伊東《いとう》という日系人である。

「すまない」

惺はベッドサイドに手を伸ばし、バチンっと音を立てて目覚ましを止めた。

これはむかいの一ドルショップで買った目覚まし時計だが、この一年、騒々しく鳴り響き、値段以上の活躍をしているように思う。

――起きないと。今日も仕事だ。

住み慣れた古いコンドミニアム。ベッドと冷蔵庫とテーブルといった必要最低限の家具しかない簡素な空間には、昨夜、脱ぎ散らかしたままの衣類が転がっている。

ベッドから降り、冷蔵庫からとりだしたミネラルウォーターを口内に流しこむと、ひんやりとした水が顎《あご》を濡《ぬ》らし、首筋へと滴《したた》って素肌を濡らしていく。

横目で見れば、手の甲でぞんざいに顎をぬぐっている自分の姿が鏡に映っていた。

一七五センチの、すらりとした体軀《たいく》。そんな惺の右の腰骨の下には今も生々しく銃弾の痕《あと》が残っている。

その昔、父親の仕事の都合で中東の産油国ラタキア王国に住んでいたころに、クーデターに巻きこまれ、撃たれたときのものだ。

――ラタキア……か。またあの国の夢を見た。日本《にほん》での夢は、これまで一度も見たことがないというのに。

一年前までは日本の陸上自衛隊に所属していた。

しかし現在はこのハワイ・オアフ島にある日本人むけのボディガード養成研究所で、射撃や武道、対テロ訓練対策を教えている。

自衛隊を辞めたのは、十七歳までラタキア王国にいたことが遠因だ。

今も両親や弟が現地にいることから、むこうで起きるテロや軍事活動となにか関《かか》わりがあるのではないかと、妙なことを勘ぐってくる隊員もいたため、何となくいづらくなってしまったからだった。

尤《もっと》も自衛隊員だったとはいえ、惺はたくましい体軀を備えていない。

どちらかというと引きしまったモデルのような体型だといわれる。そのため、自衛隊の寮に入った当初は筋肉質のたくましい隊員たちから『その細さで銃が使えるのか』とバカにされることも多かったが、毅然《きぜん》とした態度で無視し、黙々と訓練をこなすうちに、からかってくるような奴はいなくなっていった。

クールで無愛想な態度と、目つきの鋭さも原因のひとつだろう。

その後は飲み会やコンパに誘われることもなければ、無理なことを言われることもなかった。

ようするに、放置されることが多かったのだ。

それはハワイにいる今も変わらない。毎日、職場に赴き、淡々と仕事をこなすだけの静かで、平和な毎日。

時折、ラタキアにいたころの夢を見て、失った初恋の思い出に胸が軋《きし》みそうになるだけで、あとは至っておだやかな、何の波風も立たない暮らしをしている。

黒いシャツをはおり、ローライズのすり切れたデニムを穿《は》いた惺は、スッと後ろのポケットに携帯電話を差しこんで部屋を出た。

そのままいつものように朝食をとりにコンドミニアムの一階にあるカフェにむかう。

「コーヒーとホットドッグを」

香ばしいコーヒーやパンの匂いが充満するカフェのカウンターにもたれると、カウンターのむこうに据えられたテレビから、ちょうど朝のニュースが流れてきた。

——ラタキアのニュースか。また……なにかあったのか？

先月、ラタキア王国で勃発《ぼっぱつ》したクーデターのニュースだった。

長い間、病気を患っている国王に代わり、ここ数年、ラタキアは第一王子が政権をとっていた。しかし先月、政治に不満をもつ第二王子がクーデターを起こし、第一王子は国外に亡命することになったのだ。

『惺、大丈夫、家族は全員無事だよ。軍隊同士の小競り合いも終結した。第二王子が政権をとってからは治安もよくなっている。心配しなくていいから』

父からそんな連絡があり、安堵《あんど》の息をついていた。

けれどまだ完全には政権が安定していないため、テレビのニュースでとりあげられるような事件が起きてもおかしくはない。

今度はどんな事件が起きたのだろう、と不安な気持ちでコーヒーカップを手にテレビに視線をむけた悍は、流れてきたニュースに、心臓が停まりそうなほど驚いた。

『昨夜未明、内政不安の続くラタキア王国で、第三王子のイドリス氏を狙《ねら》うテロがありました。王宮内にある王子専用の宮殿が爆発炎上し、死者は出ませんでしたが、いまだ犯人は特定できず、国内では依然として治安の悪化が危ぶまれ……』

第三王子のイドリスを狙ったテロ——————だと？

——イドリスさまはご無事だったのか？

悍は思わずカウンターに身を乗りだした。

小さな画面のなかで、アメリカの男性特派員がマイクを手にテロの現状を報告している。

炎上する王子の宮殿、逃げまどうアラブ服の男女、崩れ落ちる塔……。

ひととおり事件の現場が映し出されたあと、外国の記者団を前に、イドリス王子が会見を開く様子が流された。

王族だけが許されている金色の縁飾りが施された白いアラブ服を身につけ、マスコミにむかって発言している姿に、悍の鼓動は強く胸を叩《たた》く。

——イドリスさま……よかった、ご無事で。

マイクをむけられ、淡々と話す彼の横顔がテレビに映し出される。

『……昨夜、爆弾テロによって私の住む宮殿が炎上する事件が起きました。数名の負傷者が出たものの、幸いにもひとりの死者も出ませんでした。私もこうして無事でいるが、今後、このようなテロの徹底排除のために……』

流ちょうなキングスイングリッシュが印象的だ。英国出身の家庭教師から習った上品で、表現も豊かに感じられる完璧《かんぺき》な英語である。

イドリス・ビン・スルマーン・アル・ハシーミ――。

幼なじみにして、初恋の相手。

物心ついたときから十七歳で日本に帰国するまで――惺は彼の護衛役兼友人として、傍らにいることを許されていた時期があった。

『我が国は、恒久的な平和国家となることを目指し、これまでの法を廃止し、新たに憲法、刑法の制定等を行って参りたいと考えております』

悠然と微笑し、白いアラブ服の裾《すそ》を翻しながら、その場を去っていく姿。

ロマンス小説や外国映画に出てくる、夢のような砂漠の王子がこの世にいるのだとすれば、彼こそまさにそれにふさわしい男だ。

アラビアの灼熱《しゃくねつ》の太陽を浴びて育った艶《つや》やかな褐色の肌。

癖のない美しい黒髪。

青みのあるラピスラズリ色の眸《ひとみ》と翳《かげ》りのある濃褐色をした、左右非対称の美しい双眸《そうぼう》。それにくっきりとした鼻梁《びりょう》、けわしく引き結ばれた口元。

長身で、均整のとれた見事な体軀は、アラブ服の上からでもそれとわかる。

最後に会ったとき、お互いまだ十七歳だった。

いや、彼はまだ誕生日を迎えていなかったので十六歳だった。

当時の彼には、成人前の青年特有の凜々《りり》しさが満ちあふれていた。

しかし今、テレビに映っていた彼はすでに二十五歳。あのころとは違い、今では大人の男性がもつ艶やかな色香が加わったように思う。

——イドリスさま……。ご立派な王子になられて……。

ほっと息をつき、惺はコーヒーカップに口をつけた。

ラタキア王国で育った惺は、そのままむこうの陸軍大学校に進学し、正式にラタキアの国籍をとり、生涯、護衛のひとりとしてイドリスに仕えようと考えていた。

勿論《もちろん》、王子もそれを望み、『ずっと私のそばにいて欲しい』と口にしていた。

だが、その夢は消えてしまった。

イドリスのためと思って行動したことが、結果的に彼に重傷を負わせてしまうことになり、惺は国外追放の身となってしまったのだ。

ラタキア王国の法では、王族の身に傷をつけた者は死刑とされる。当然、惺も処刑されるところだった。

しかしそれまで技師として国家の発展に貢献し、国賓という立場だった父の実績と、イドリスの『惺を処刑するなら私が王族から離脱する』という言葉のおかげで恩赦をうけることができた。

とはいえ、ラタキアにとどまることは許されず、惺は、ひとり、日本に帰ることになった。

もう二度と彼のそばに行くことはできない。

自分はラタキアの地を踏むことが許されていないのだから。

それでももしかして、なにか奇跡が起きて彼のそばに戻れたら。そのときこそ護衛として生涯仕えるという約束を守りたい。

そんな儚い望みを抱くことが、その後の生活の支えとなっていた。

自衛隊に入ったのも、こうして射撃の講師をしながら自身の戦闘能力を磨いているのも、心のどこかで奇跡を信じているからだ。

——そんなことはあり得ないのに。国外追放の身の自分がイドリスさまと再会できることなど万にひとつもないというのに。

ため息をつき、コーヒーを飲み干すと、髭《ひげ》をたくわえたマスターが横目でテレビを見ながら声をかけてきた。

「ラタキア王国か。あいかわらず物騒な国だな。世界有数の産油国か何なのか知らないが、欲に目が眩《くら》んだ王族たちがクーデターばかり起こしているそうじゃないか」

「だが、歴史も古く、文化的にとても優れた国だ。決して物騒なんかじゃない」

惺は思わず反論した。

「めずらしいな、惺がそんなふうに熱く反論するなんて。いつもは無口なくせに」

驚いた様子で、マスターが片眉《かたまゆ》をあげる。

「別にめずらしくは……。じゃあ、そろそろ行くよ」

惺は朝食代をカウンターに置き、店の外に出た。

カッとまばゆいハワイの陽光が目に突き刺さる。

風に揺れ、さわさわと葉音を鳴らしている色鮮やかな南国の木々。

深紅のハイビスカス、ブーゲンビリアの濃いピンク、白いプルメリア。

手をかざし、眼下に広がる蒼海《そうかい》を見下ろす。常夏の島らしく、珊瑚礁《さんごしょう》がほんのりと透けたエメラルドグリーンの海が朝の陽を反射して鮮やかに煌《きら》めく。

同じ南の国でも、ここはかつて惺が暮らしていたラタキア王国とは違い、からっとしたさわやかな空気に包まれている。

駐輪場でいつものようにメタリックブラックのバイクを跨《また》ぐと、惺はサングラスをかけ、フィンガーカットされた革手袋をつけてグリップをまわした。

音を立てて進んでいくバイクの振動。

サングラスをかけていても、オアフ島の紺碧《こんぺき》の空がまばゆい。

果てしないパイナップル畑が続く道をバイクで十数分ほど海岸線を走った先にある三階建ての、真っ白な建物が惺が勤務しているボディガード会社のハワイ訓練所だ。

その道のプロを目指すメンバーが徹底した研修をうける施設である。

身辺警護や特殊警護、私邸警備、ストーカー、ドメスティックバイオレンス、海外身辺警護に加え、他にも警察犬の嘱託など、こんな時代ということもあり、毎年、多数の生徒が入学してくる。

銃の訓練や退役軍人からの護衛訓練、ヘリコプターや飛行機の操縦方法等に加え、さらには何かあったときに対外テロにも対応できるよう、語学力の強化や世界情勢なども教えられる施設として、日本の警備会社や護衛会社から数カ月に亘《わた》って研修にくるケースも多い。

悍はそこで主に射撃講師として勤務している。

午前中は射撃場で訓練を。午後からはラウンドでの実地訓練を。

今朝もまた自分がうけもっている五人の日本人学生を中心に、銃の研修を行っていた。

戸外のオープン射撃場。

陽に晒《さら》された広々としたグラウンドで、シューティンググラスをつけ、イヤープロテクターをつけた学生たちが、ひとりずつ射撃の訓練をしている。

研修二年目のメンバーが一限目、研修一年目の新しいメンバーが二限目。

「そこをもう少しまっすぐ。そう、そうやってグリップを握る感覚を忘れずに」

グレーのシャツに黒いブーツ、黒いズボンに黒い帽子といった職員専用の制服を身につけた悍は、生徒たち同様にイヤープロテクターと黒いグラスをつけ、生徒の隣に立って技術的な指導を行っていた。

標的から少し離れた距離でスタンディングのまま、両手で銃をもち、標的についた印にむかって銃を放つ。

新たな学生たちがくると、最初の授業が終わったあと、惺は、一応、見本になるよう、自分の射撃を見せることにしている。

惺が人前で射撃をするときは、他の講師や学生たちも防弾用のガラスシートのむこうにある見学場に集まることも多く、今日もまた十数名が詰め寄せていた。

トリガーに手をかけ、銃を放つ。

ラタキア王国ではイドリス王子とともに士官学校に通っていた。

そこで様々な軍事訓練をうけた。当時からオリンピックに出れば金メダル級と言われていた射撃の腕は今もまったく落ちていない。

無論、射撃だけでなく、空手や合気道、柔道、剣道といった日本独自の武道の腕も、乗馬やバイク、ヘリの操縦など、彼《か》の地で若い頃にうけた訓練が身体の奥に染みこんでいることを、惺は毎日のように実感しながら過ごしている。

銃を撃ち終え、イヤープロテクターをとると、「すごい」というまわりの賛嘆の声が耳に入ってきた。

「加嶋先生、すべて的の中心に当たっていますよ。いくら元自衛官とはいえ…そんな技術、なかなか身につきませんよ。一体、どこで身につけたんですか」

新米の講師のひとりが興味深そうに呟《つぶや》くと、惺が説明する前に、他の講師が説明してくれた。

「彼はラタキア王国で育ったんですよ。そこで軍事訓練をうけたとか」

「ああ、産油国で有名な……。確かクーデターがありましたよね」

「そうそう、成人している三人の王子が権力争いをしているみたいで」

「今朝、その第三王子がテレビに出ていましたよ。映画に出てきそうな、綺麗な顔の…」

彼らの会話をよそに授業が終わったこともあり、惺がフィンガーカットされたプロテクターをとろうとしたときである。

射撃場に面した建物のガラス戸が開いたかと思うと、あたりの空気が騒がしくなった。

「誰だ、あそこにいるのは」

「どうして、アラブの人間がこんなところに…」

生徒たちのざわつきに、惺は目を眇《すが》めて視線をむけた。

イスラム風のアラブ服を纏《まと》った青年が黒服を身につけた護衛を引き連れ、射撃場のなか、まっすぐ惺のところに向かって歩いてくる。

――あれは……。

「惺、おまえに来客だ」

集団を引き連れて現れた短髪の男は、隣人の伊東だ。

今朝、目覚ましがうるさいと怒鳴っていた彼もまたこの学校の講師のひとりである。

彼が連れてきた集団の中央には、細身のすらりとした若い男。

「お久しぶりです。あいかわらずの射撃の腕、見学させていただきましたよ」

癖のない金褐色の絹糸のような前髪を目のあたりまで垂らし、白いクフィーヤから長い髪が垂

れている。

「ナディール先生……」

このナディールという英国出身の男性はイドリス王子のかつての英語の家庭教師である。

元々は、ナイジェルだかナサニエルだかの英国の名をもっていたが、何らかの理由でラタキアに帰化し、アラブ風の名前に改名したらしい。

外観は典型的なアングロサクソンで、惺もまたイドリス王子とともに幼いころにこの男から英語を習った。

「ナディール先生……どうしてあなたがハワイに。イドリスさまに何か」

「王子はお元気です。今日はあなたに用があって参りました」

「では、二階のカフェにでも。こちらは授業を行うところなので」

「このままでけっこう。五分で済む用事です」

「はあ……」

「イドリス王子からの命令です。今からイスタンブールにきて、彼の警護をしてください」

惺は眉をひそめた。いきなりイスタンブールで警護、しかも今からと言われても。

「惺、あなたもニュースでご存じだと思いますが、先日、我が国で大がかりなクーデターがあり、イドリス王子も巻きこまれてしまう結果となりました」

ナディールは、これまでのことを簡単に説明してくれた。

国王が病に倒れたあと、第一王子とイドリスとが政治的にぶつかることが増え、公の場で対立してしまうことが多くなった。

さらには政情は乱れ、第一王子や第二王子が次の国王の座をめぐって闘争をくり返す状態。そうした一連の騒動のなか、一昨日、イドリスの住む宮殿が爆発炎上する事件が起こったのだ。

「その事件に、あなたの父上が絡んでいました。第一王子と、勤務先の石油会社とのつながりゆえに仕方なく……という状態のようでしたが、イドリス王子の宮殿に暗殺者を手引きした容疑で逮捕されました」

以前のクーデターで第一王子は国外に追放され、第二王子が政権をとることになったため、第一王子はつながりの深い石油会社を通じ、第二王子と第三王子の暗殺をたくらんだ。

そのとき、第一王子に目をつけられたひとりに惺の父親がいた。イドリスの宮殿内の構造をくわしく知っていたからだ。

「だがこの間、父から家族全員無事だから安心しろという電話が。そのとき、逮捕のことは…」

「表面上、日本との外交に問題が生じてはいけませんので、関係者各位全員に、無事だという電話をかけさせたのです。ですが、現実は違う」

惺は息を詰めた。

「この騒動で多くの死刑囚が出てしまいましたので、外国人であるあなたのご家族は、しばらくは処刑されません。国際的な問題に発展しても困りますゆえ。ですが、いずれは…」

「……っ」

「あなたのご家族は捕らえられ、現在、王宮の裏の砂漠にある地下牢獄《ろうごく》にいます」

惺は激しい目眩《めまい》を感じて、壁に手をついた。

――知っている。その地下牢のことは。

死刑囚のための牢獄である。古代遺跡をもとに造られたあの牢獄は、バベルの塔を模して設計され、決して脱獄することができない構造になっていた。

「……俺の家族が……王子の……暗殺を企《くわだ》てたなんて……」

国外追放になる前、惺もあの牢獄に捕らえられていた。あの暗く、不衛生な地下牢に両親や弟がいると想像しただけで、目の前が真っ暗になりそうだ。

「イドリス王子はひどくご立腹です。あなたを国外追放にしたことを逆恨みされているのではないか、あなたが海外から手引きしたのではないかと疑っておられます」

「バカな。俺がそんなことを……」

するわけがない、と言いかけ、惺は押し黙った。

ラタキアは、個人主義の欧米とは異なり、家族の絆《きずな》に重きを置く。惺が処刑されかかったときも、イドリスの進言もあったものの、父のそれまでの実績が重視された。

その反対も然《しか》り……だ。

父親の復讐《ふくしゅう》を子供が果たす事件や、父親を護るために子供が身代わりで処刑になるケース、また夫を護るために妻が罪を負うこともある。

惺の父がイドリスを暗殺するよう手引きしたのが真実だとすれば、それに惺が絡んでいるとイドリスに疑われても仕方がない。ラタキアはそういう国なのだ。

「先生、家族はどうなるのですか？」

「家族を助けたければ、イスタンブールにきなさい」

ナディールは惺の肩に手をかけた。

「イスタンブール？」

「はい、今回のクーデターによって宮殿内が燃えたことや治安の悪化が原因で、イドリス王子は国外に出られることになりました。新憲法制定のため、イスタンブールの大学院に在籍し、三カ月間、研修生という形で法律を学ばれることになりました。惺、あなたに彼の護衛を任せます」

「はあ？　護衛？」

「期間は三カ月です。さあ、参りましょう」

「待ってくれ、その説明ではなにが何だか……。それに俺はこの研修所の社員で……」

意味がわからず、惺は手で彼の動きを止めた。

「それならご心配に及びません。すでにこの研修施設の社長とは話が済んでいます。あなたは、三カ月間の有休をとることになりました」

「……何だって」

頭が混乱する。

「さあ、早く。飛行機に遅れてしまいます」

「待て、家族が処刑にされると聞かされたかと思うと、いきなり護衛になれって……」

「イドリス王子はこう申されました。あなたの働き次第で、ご家族の処刑を免除してもいいと」

ナディールの言葉に、惺は眉をひそめた。

「免除……つまり、俺がイスタンブールに行って王子のもとで働けば家族の安全は保障されるのか」

「ええ」

惺はナディールの美しい眸を凝視した。

この男は惺がラタキア王国にいたころ、ずっとイドリス王子の家庭教師をしていた。常に控えめで、誠実で、若干の口やかましさはあったものの、心から信頼できる男だった。

「信じて……いいんだな」

その目を見据えたまま、問いかける。

「あなたの働きがよければの場合ですが」

それまで無表情だったナディールが口元にわずかな笑みを刻む。

「それは勿論。働くとなれば最大限の努力は惜しまないが」

「よろしくお願いします。今、イスタンブールには多くの刺客が潜伏しています。王子は、常に命の危険に晒されています。大学院での研修期間を王子が無事に終了されることができましたら、あなたたちにも王子への邪心はないとみなされ、あなたのご家族は釈放されます」

「だが、それでは都合がよすぎないか」

「信じる、信じないはどちらでもけっこう。いずれにしろこのままではあなたの家族は処刑されます。万にひとつの可能性があるなら、私についてくるべきだと思いませんか？」

確かにその通りだ。

万にひとつ。己の働き次第で家族が助かる。だが、惺が行かなければ、確実に家族は処刑されてしまう。

それに……なにより、イスタンブールにはイドリス王子がいる。

たとえ彼から暗殺者の仲間ではないかと疑われていたとしても、たとえわずか三カ月のことでも、もう一度彼のそばに行き、彼の護衛をすることができるのならば。そう、ずっとそのときのために自分は銃の腕を磨き、武道に励んできた。だとしたら、他に選ぶ道はない。

惺はまっすぐナディールの顔を見た。

「わかった。イスタンブールに行く」

ナディールは微笑した。

「よろしい。では五分後に裏のヘリポートまできてください。私のヘリが停まっていますので」

「待ってくれ。無理だ、五分後なんて。アパートに荷物をとりに」

「荷物なら心配はありません。伊東という男に命じておきました。あなたの荷物のなかで、必要そうなものをあとでまとめて送ってくれるそうです。あなたはパスポートとその身ひとつでいらしてください」

「用意周到なことで」

パスポートは、有事のことを考え、身分証明書代わりに常に携帯している。

惺は肩で息をついた。

——こんな形で……またイドリスさまのおそばに行くことになるとは……。

尤も、これからむかうのは、同じ中東でもラタキアではない。トルコのイスタンブールだ。

半ば呆然《ぼうぜん》としながら更衣室で荷物をまとめていると、伊東が現れた。

「惺、いきなりイスタンブールに行くなんて驚きだな。おまえの荷物は、俺が責任もって送るから安心しろよ」

「ありがとう。そうだ、あの目覚まし、伊東さんが使ってくれ。絶対に起きれるから」

「いやいや、遠慮しておくよ。ちゃんと箱に入れて送ってやる」

伊東がポンと肩を叩いてくる。

「伊東さん、三カ月後には戻ってくる。その間、どうかお元気で」

手を出すと、伊東が笑顔で手を握ってきた。

「おまえも元気でやれよ。三カ月と言わず、いつでも戻ってきたいときに戻ってきていいから」

ポンと大きな手で肩を叩かれる。

「サンキュ」

惺は荷物を手にして更衣室をあとにすると、ナディールの待つヘリポートへとむかった。

## 2

その日の午後、惺はトルコにむかう飛行機に乗っていた。ファーストクラスで移動するナディール一行とは別に、惺はビジネスクラスの席に座り、アラビア語の復習につとめた。

幼いころから、アラビア語は日本語と同じくらいよく使った。さすがに子供のときから使っていたので日常会話には苦労しないが、久しぶりにテキストを手にしてみると、けっこう忘れている単語や文法なども多かった。

「日本人というのはまじめですね、アラビア語の練習ですか」

ファーストクラスのスペースからこちらの様子をうかがいにきたナディールは、テキストを眺めている惺を見てあきれたように笑った。

「八年も使っていない。忘れた言葉も多いから」

「大丈夫ですよ、子供のときにおぼえたものは、そう簡単に忘れませんから」

「だといいが。尤も、マアレーシュという単語さえ知っておけば何とかなるだろうけど」

冗談めかして言うと、つられたようにナディールが笑う。

「確かに細かなことを気にしていては、中東では生きていけません」

「ああ、俺もそう思う」

「では、今回の件もマアレーシュというお気持ちで、快くイドリス王子にお仕えください」

ナディールの言葉に、惺は内心で舌打ちした。

「家族の命のためだ。マアレーシュもなにもないだろう」

「それでもマアレーシュな気持ちで。そうでもないと、きっとむこうではやっていられなくなると思いますよ」

にこやかにほほえみ、ナディールは空いていた隣の席に座って惺の肩に手をかけてきた。そっと耳もとに顔を近づけ、小声で囁《ささや》いてくる。

「惺、あなたは罪人の家族として、その咎《とが》を償うために王子に仕えるのです。以前のように、国賓の家族という扱いはうけられません」

要するに、『人格を無視されるような扱いをうけることもある、それがあっても、マアレーシュという寛容な気持ちになれ』――とナディールは遠回しに言っているのだ。

「それくらいわかってるよ」

惺はテキストに視線を戻した。

「なら、けっこう。何事もアッラーの思《おぼ》し召し、これも運命だと思い、おだやかな気持ちでいるのが一番です」

差し入れにファーストクラス用のワインを一本置いていくと、ナディールは前方の座席に戻っていった。

——マアレーシュ……か。

中東の人間がよく使うこの言葉は、『気にするな』『まあ、いい』『仕方ない、これも運命だ』という意味がこめられている。

アラブ人は、日本人と違って「すみません」や「ごめんなさい」と言って謝罪することがない。すれ違いざまに足を踏んだときも「マアレーシュ——気にするな」と言う。

誇り高く、己の名誉やプライドのために命をかけてしまうアラブ民族。謝るということは、負けを認めたことであり、名誉を捨てたことになる。

だから決して謝らない。そんなアラブ人のなかでも、イドリスはとくに誇りが高く、名誉を重んじる意志の強い男だったと思う。

彼が謝っている姿は一度も見たことがない。

その代わり、己の行動には常に責任をもつ誇り高さをそなえた男だった。

絶対に他人に侮られることがないよう、どんなときも己を崩すことがなく、いったん決めたことはなにがあっても変えない。

悪くいえば、頑固で柔軟性に欠けている。よくいえば、一本芯の通った、鋼《はがね》のような信念をもつ矜持《きょうじ》の高い男。

そんな彼が自分のことを、悪意があったと誤解している。

あのときのナディールの言葉。

『イドリス王子はひどくご立腹です。あなたを国外追放にしたことを逆恨みされているのではないか、あなたが海外から手引きしたのではないかと疑っておられます』

いったんイドリスがそう思いこんだのだとすれば、どんな言いわけをしても、彼がその考えを翻すことはないだろう。

誤解を解くには、彼が条件を出したとおり、三カ月間、真摯《しんし》に働くしかない。

誠意を言葉にしても通じない相手には、己の行動でもって示し、信頼を得る以外にないだろう。家族のためにも。そして自分のためにも。

幼なじみにして親友、そして初恋の相手――皮肉《ひにく》にも、そんな彼の頑《かたく》なさ、決して曲げられることのない潔い性質に惺は幼いころからずっと惹かれていた。


「イスタンブールか…」

トルコの国旗と同じ赤色で統一されたフロア。ターンテーブルで荷物をとり、華やかなショップが並ぶ脇《わき》を通り抜けて古めかしいゲートを抜ける。

中東特有の、どこか香辛料の匂いが入り混じったような密度の濃さを感じさせる大気。

何千年もの昔から人々が文明を築いてきた土地ゆえの重みなのか、ハワイとはまるで正反対の、肌にじんわりと絡みついてくるような熱っぽさを感じる。

「惺、我々はあちらから市内にむかいます。使用人に荷物を」

ナディールに案内され、空港内のヘリポートへと移動する。

突風の吹くなか、ふわりと身体があがる体感とともにヘリが空中に浮く。

トルコの上空は紫色の夕陽に覆われていた。

眼下を見れば、マルマラ海。浜辺では、日暮れ後の食事を楽しもうと大勢の地元民たちが集まり、煙を立てながらバーベキューを楽しんでいる姿が見える。

前方にはライトアップされたモスクが佇《たたず》む。

東西の十字路、文明の分岐点——と呼ばれているイスタンブール。街を見おろしていると、遠くのほうにアジア側の大地とヨーロッパ側の大地を結ぶボスポラス大橋がうっすらと浮かんで見える。

まさに東と西の文明がぶつかりあい、混ざりあっているような混沌《こんとん》とした雰囲気が、驚くほど明快に伝わってきた。

東と西の十字路の『東』という言葉は、惺が知っている中国《ちゅうごく》や日本のような東洋のことではなく、このあたり一帯のイスラム圏のことを指すのだと思う。

そしてこのマルマラ海のむこうにトルコの国土が広がっている。

その先にはアラビア半島。

ヨーロッパ、アジア、アフリカの中心に位置し、交易の中継点として、このあたりは長い人類の文明史のなか、様々な帝国や支配者の野心の的にされてきた。

三つの大きな宗教の聖地があることや、多様な民族が住んでいることもあり、今も争いが絶えない地域もある。

ラタキア王国もまた多種多様な民族や宗教派閥の違う部族が多く住み、昔は乳香《にゅうこう》、現在は石油が大量に埋蔵されていることから血腥《ちなまぐさ》い歴史に彩られた国家だ。

——父さん、母さん……それに弟の和樹《かずき》……どうか無事で。

三カ月間、精一杯、イドリスに仕えれば、三人は処刑を免れられる。そのあとはラタキアから離れるように説得し、三人とも自分がハワイで面倒をみようと考えていた。

『惺、あなたは罪人の家族として、その咎を償うために王子に仕えるのです。以前のように、国賓の家族という扱いはうけられません』

ナディールが言ったとおり、以前のように、親しくイドリス王子と接することはできない。そもそも自分はかつて国外追放の罪を犯した身。

三カ月だけでも彼のために働くことを幸福と考えよう。その結果、家族の命が護れるなら、自分にとってそれほど幸せなことはない。

やがてヘリコプターはマルマラ海をのぞめる高台の、瀟洒《しょうしゃ》な邸宅の前に降り立った。

「こちらが王子が暮らしていらっしゃる邸宅です」

うやうやしく使用人に出迎えられ、そこからは車で庭園の奥にある建物に移動することになった。さすがに警備は厳重で、あちこちに武装した護衛の姿が見える。

今夜、イドリスと再会する。そう思うと緊張してきた。

そのとき、自分は彼のことをどんなふうに思うのか……それはわからない。ただ護衛として職務を果たすだけですむのか。それとも以前に抱いていた想いが再燃してしまうのか。

——いずれにしろ、ただただ家族が無事であるよう、仕事に励むことが俺の役目だ。

それでも……もう一度、彼に会える機会をもてたことはうれしかった。

緊張を抑えようと、惺は窓を開け、そっと外を眺めた。

庭園には背の高い棕櫚《しゅろ》を中心に、無花果《いちじく》、棗椰子《なつめやし》やオレンジ、柘榴《ざくろ》の木々が整然と植えられている。

やがて海辺の断崖《だんがい》のようなところまでくると、青白い月光を浴びて耀《かがや》く宮殿が見えた。

「着きました。惺、ここからは徒歩で」

車が停まる。

ナディールにうながされるまま、惺は車を降りた。

目の前には、オスマン・トルコ時代風の宮殿が青い闇《やみ》に浮かびあがるようにそびえている。

二十一世紀のトルコ共和国の邸宅というより、かつて世界にその名を轟《とどろ》かせたオスマン・トルコ帝国として盛大に栄えた時代に、ふっと迷いこんだような錯覚をおぼえそうな、イスラム風の壮麗な空間が存在した。

「惺、私は用がありますので、あなたは先に奥へ。使用人たちが、万事、心得ていますので」

ナディールが声をかけてくる。

「俺ひとりで？」

「ええ、ボディチェックを済ませ、なかにお入りなさい」

入念なボディチェックを終え、建物の前にくると、使用人が奥へと案内してくれた。

「どうぞこちらへ」

中庭に面した通路に案内される。

「今日はイドリス王子の誕生日ということで、パーティが開かれています」

「王子の誕生日は、確かもう終わられたと思いますが」

「今日はお名前をつけられた日です。さあ、こちらへどうぞ。王子がいらっしゃいます」

イドリス王子がいる――。

心臓が高鳴り、膝《ひざ》が震えそうになった。

八年ぶりの再会である。何度かテレビやインターネットの画面で見たことがあるとはいえ、直接会ったことはない。

――どうか、少しでも彼とよい時間が過ごせますように。父のことでの誤解が……せめて解けますように。

神に対してというわけではないが、惺は自然と心のなかで祈っていた。

不安と緊張、そして再会できることへの淡い喜びが惺の胸で複雑に揺れている。

通されたのは、水と緑と花にあふれたイスラム庭園に面した広間だった。

パティオの泉水には、初夏を彩る淡い桃色の睡蓮《すいれん》の花。水盤から流れ落ちていく水の筋を月の光が煌めかせている。

月明かりが壮麗な庭園全体を青白く染め、幻想的な千夜一夜の世界を創りあげていた。

ステンドグラスの嵌《は》めこまれた広間の窓のむこうは断崖になっているらしく、潮の音がかすかに耳をかすめ、ボォォとマルマラ海を行く船の汽笛がぼんやりと響いてくる。

そのとき、広間の奥にいた使用人が小さな緞帳《どんちょう》のような幕の前で惺を止めた。

「お待ちください。その格好では、王子の前にお通しできません」

惺は足を止めた。

「現在、王子は奥にあるハマムで入浴中です」

ハマムはトルコ風呂ともアラブ風呂ともいう、中東周辺で昔から習慣にされている風呂のことをいう。

「ここから先に行くには、衣類を脱いでいただく必要があります」

「衣類を脱ぐ……だと」

目を眇めた惺に、使用人は当然といった態度で告げる。

「王子の前でなにか不始末があっては困ります。外からきた者には衣類という衣類をとりはらっていただくことになっています」

「だが、さっき入り口で入念な検査をしたぞ」

「何回やっても無駄はありませんので。さあ、どうぞ衣類をお脱ぎください」

「俺は護衛として雇われた。他意はない。イドリス王子に挨拶《あいさつ》させてくれ」

「マナー違反にあたります。今夜は、パーティのため、王子の友人たちも招待されています。いずれも各国の王侯貴族に当たられる方々。彼らの身になにかあっても困りますので、見知らぬ方には裸体になっていただき、安全を確認することにしております。今夜、こちらにお泊まりになる予定でしたらなおさら」

王子の友人たち。各国の王侯貴族たちが招待されているのなら、たしかにそのくらい厳重にする必要はあるだろう。

それならば、今夜はどこか安宿でも借りて宿泊し、改めて、明日、イドリスに挨拶したほうがいいのではないだろうか。

「それでしたら、俺は失礼します。明日、また改めて挨拶にきますので、今夜は控えさせていただきます」

惺は背をむけた。

そのとき、幕のむこうから低い男の声が聞こえてきた。

「待て」

心臓がどくりとする。振りむくと、サッと幕が左右に開かれた。

現れた別の使用人らしき男が静かに告げる。

「その男はいいんだ。そのまま入れるようにとのことだ」

惺の腕を摑《つか》んでいた使用人は双方をそれぞれ一瞥《いちべつ》したあと、小さく息をついた。

「わかりました。……では」

うながされるまま、惺は幕のむこうに入っていった。

分厚く垂れ下がった幕と幕の間をぬけていくと、むっと湯気が立ちこめていた。続いて甘い花の香りが鼻腔《びこう》に触れる。

繊細な模様のアーチが幾重にも連なったむこうに、アラブ風の風呂場が広がっていた。

大理石でできた広々とした浴槽。浴槽だけではない、床も大理石だった。

その上をさらさらと湯が流れていくためか、噎《む》せそうなほど湯気が立っている。

ドーム型の天井にはめこまれたダウンライトの仄《ほの》かな明かりが浴槽の水面のゆらゆらとした波を照らしていた。

その浴槽の傍ら——繊細なタイルに囲まれた一角に、真っ白な大理石の長椅子《ながいす》に腰を下ろした美しい裸身の男がいた。

その両脇には、腰に布を巻いただけの二人のトルコ人男性。

彼は裸のまま悠然とそこに座っている。

壁に灯《とも》った松明《たいまつ》の焔《ほのお》が彼の双眸を淡く染めていた。

——イドリス……王子。

表情や態度には出なかったが、惺の心臓は再び激しく鼓動を打ち始める。

「久しぶりだな」

濃艶《のうえん》に成熟した色香を無防備なまでに滴らせた男がそこにいた。

裸身のせいだろうか、惺の記憶に残る十代のころの彼ではなく、またテレビやネットで見た凛《りん》然《ぜん》とした王子とも異質な、しなやかなで高貴な野性の黒豹《くろひょう》が一匹、配下を従え、そこに佇んでいるような感覚をおぼえる。

闇色の黒々とした右目と、左右非対称の、ラピスラズリ色の青い左目。イスラムの世界では邪眼として忌まれるその目は昔と変わらない。

早くに亡くなった第二王妃の息子だ。コーカサスから流れてきたスラブ系の少数部族の血をひくため、イドリスは生粋《きっすい》のアラブ人というよりは、アラブとスラブを混ぜあわせた、無国籍めいたエキゾチックな風貌《ふうぼう》をしている。

「悍、私のことを忘れたのか」

ゆっくりと王子が立ちあがると、傍らに控えていた使用人が彼の褐色の身体に黒いアラブ服の上着とクフィーヤをつける。

「いえ……」

小声で返したそのとき、ハマムのなかにアラブ服姿のナディールが入ってきた。

「イドリス王子、遅くなりました、ご連絡したとおり、彼は今日からあなたに仕える決意でこちらにきております」

「ご苦労だった」

イドリスはタイルに置かれていた石造りの椅子に腰を下ろし、手のひらをかえしてナディールを手招いた。彼はイドリスの前に歩みよった。

イドリスの手をとり、ナディールはうやうやしく手の甲にくちづけする。

「ただいま、戻りました」

膝をついたまま、ナディールは静かに振り返る。

「惺、あなたも王子にご挨拶を」

「あ、はい」

床に膝をつき、王子の手をとろうとしたが、すっとひっこめられる。

えっと眉をよせた惺の前でイドリスは足を組みかえ、代わりに面前に突きだされたのは彼の足の甲だった。

「挨拶を」

顔をあげると、凄絶《せいぜつ》なまでに美しい王子が自分を見下ろしている。

「挨拶を忘れたのか？」

低く抑揚のある声。惺はかぶりを振る。

「いえ」

惺は彼の踵《かかと》を包みこむように左の手のひらで掴み、右手をその骨張った形のいい踝《くるぶし》に添え、そっと足の甲に唇を近づけていった。

触れるか触れないか、静かに彼の足の甲に唇を添える。

なめし革のような、艶やかな褐色の皮膚。ああ、王子の皮膚だと思うと、なつかしさのあまり、胸の奥から熱いものがこみあげそうになる。

やはり自分はこの方を狂おしいほど慕っているらしい。

八年の歳月が一瞬にして霧散し、昔と同じような想いが胸に広がる。

いや、違う。それ以上だ。八年分の歳月が加わり、自分の内側にある切なさの種が知らず以前よりも大きく育っていたことを実感した。

「ご苦労」

イドリスは惺の顎《あご》に手を伸ばしてきた。そして目を眇め、まじまじと皮膚の細胞まで確かめるように凝視してきた。

疑われているのだろうか。父のことで。だとしたら、まず疑いを少しでも晴らさなければ。

惺は息を吸い、唇を開いた。

「王子、このたびのあなたへの父の行為、さぞお怒りのことと思います。父の非礼、本当に申しわけなく思っています」

「申しわけ……なく。本気でそう思っているのか？」

肘《ひじ》をついた手の甲に顎をのせ、イドリスはもう一方の手を惺の顎に伸ばしてきた。くいと顔を上向きにされ、舐《な》めるように凝視される。

「当然です。心からお詫《わ》びを申しあげます」

真摯に謝罪すると、イドリスはフッと鼻先で嘲笑《ちょうしょう》した。

そのとき、惺は己が口にした言葉の意味を猛烈に後悔した。

今、イドリス王子を怒らせる原因は自分の父であり、それを大変申しわけなく思っている——と、日本人なら当然ともいえる謝罪をした。欧米でもこの謝罪は通用するだろう。

しかしイドリスはアラブの男である。

惺が口にした言葉は、彼からすると、部族同士の対立のあと、負けたほうの部族の族長が、勝者の族長に命もなにもかもすべてを委《ゆだ》ね、相手への隷属と忠誠を誓うときのものだ。

案の定、イドリスはこちらを侮蔑《ぶべつ》するような眼差《まなざ》しを投げかけたあと、隣に控えたナディールに目配せした。

「どうなさいましたか？」

腰をかがめ、ナディールがイドリスの口元に耳を近づけた。彼のさらりとした金髪の先がイドリスの肘に触れる。

「まだパーティまで時間はあるか？」

「はい、一時間ほど」

ナディールが囁くと、イドリスは足を組みかえ、惺を見下ろしてきた。

彼のミステリアスな色違いの双眸。天井のライトがハマムの水面に反射し、その映りこみの加減でラピスラズリにもターコイズグリーンにも見える。

目の前に跪《ひざまず》いている惺を、その目がかつての友人としてではなく、隷属してきた獲物として捕らえているのが、自分自身にもよくわかった。

「綺麗になったな、惺。これまでの人生で、一体何人の男の相手をしてきた？」

突然の下世話な言葉に惺は耳を疑った。確かにイドリスは傲岸《ごうがん》なところはあるが、このようなことを口にする男ではなかった。

「ご自分がなにをおっしゃっているか、おわかりになっていますか？」

「当然だ。惺、私が訊《き》きたいのは、東洋の男たちは、おまえをそこまで美しく磨いてしまうほど魅惑的だったのかということだ」

かつての彼からは想像もつかない言葉を口にしている。八年の歳月が過ぎた。ここにいるのは自分の知っている王子ではないようだ。

「王子、そのようなご質問にもお答えせねばなりませんか？」

「ああ。おまえは私に忠誠を誓った。問いかけには、従順に答えるんだ」

「はい」

「おまえが軍隊にいたのは知っている。男だけの巣窟《そうくつ》で、本当になにもなかったのか」

「憲法上、日本に軍隊はございません」

「男ばかりの軍隊のような組織にいたという話を耳にしている」

「はい、確かに自衛隊という組織には所属しておりました」

「男に迫られることはなかったのか」

「いえ。俺にかなう者はおりませんでしたので」

惺の答えに、イドリスは艶笑《えんしょう》を浮かべた。

「ではおまえのその身体は、私以外の男を知らないというわけか」

惺は眉をひそめた。

この王子は臆面《おくめん》もなく何ということを口にされるのか。ふたりに身体の関係があったことを人前で暴露するようなことを。

　だがまわりを見れば、こういうことはあたりまえなのか、ナディールはもともと知っていたかのように表情を変えていない。使用人たちもなにも気にしていない様子だ。

「惺、私のアラビア語での質問の意味がわからないのなら違う言い方で訊く。おまえは、この八年間に、男と寝たことはあるか？」

　そんなことは人前で訊くことではない、と諌《いさ》めたい気持ちをこらえ、惺は静かに答えた。

「ございません」

「それは喜ばしいことだ。私以外におまえに触れた男がいないということは」

　よく通る低く美しい声で言う王子を、惺は忌々しい気持ちで睨《にら》みつけた。

「どうした、惺。初めてのときは砂漠、次は、牢獄……だったな？」

　王子の言葉を非難したい気持ちを胸底に呑みこみ、無言で唇を噛《か》みしめる惺の顎を再び摑み直し、イドリスは微笑しながら言った。

「誰の手垢《てあか》もついていないというのなら、またおまえを私のものにしてやろう」

　その傲慢《ごうまん》な物言いに、惺は眦《まなじり》を吊《つ》りあげた。

「バカなことを」

「再会を祝い、私の夜伽《よとぎ》をおまえに命じる」

「はあ？」

「惺、日本語や英語を使いすぎて、アラビア語を忘れたのか？　おまえに私の夜伽の相手という名誉な役目を与えると言っているのだ。どうしてありがたく思わない」

イドリスは唇の端をあげて微笑する。

もはやここにいるのは、自分が畏敬《いけい》の念を感じていたかつての王子ではない。彼の言葉にはっきりと確信し、惺は冷静に返した。

「王子、俺はあなたの護衛として雇用されましたが、あなたの性的な遊び相手になるためにこの国にきたのではありません」

「護衛であろうとなかろうと、おまえが私の支配下にあることに違いはない」

「ですが…」

「家族の命が惜しくないのか」

家族の命――。

それを言われるとなにも返すことはできない。

惺はぎゅっと手のひらを握りしめた。

「家族の命は惜しい。しかし私の夜伽には応じたくないというわけか。わがままな男だ」

王子が嗤笑《こうしょう》を漏《も》らす。

「惺、おまえの父親は、罪を犯した。死刑になるところを私のひと言で免れるか免れないかが決まる。それなのに」

イドリスは目を細めて惺を見下ろしてきた。そして舐めるように惺の全身を凝視したあと、小さく息を吐く。

「わからないのか、惺。おまえは死刑囚の家族なんだぞ」

眉をひそめた惺を見つめ、イドリスはもう一度言う。

「我が国の法では、家族が代わりに死刑になることもあるというのは知っているな？」

「……っ……それは」

「夜伽をするか、全員死刑になるか。どちらかだ」

選択もなにも、夜伽をするか、もうひとつが家族全員死刑では選びようがない。

——夜伽……か。

惺はじっとイドリスを見あげた。

本気で父の罪を怒っているのだろうか。それともこちらの決意がどのくらい本物なのか試しているのだろうか。或いはただ退屈なだけなのか。

いずれにしろ、王子が自分と家族の命を握っていることに変わりはない。

だとしたら選ぶ道は他にない、もともとナディールに人間らしい扱いを期待してはいけないと言われていたではないか——と自分に言い聞かせ、惺は唇を震わせながら言った。

「……わかりました」

惺がそう答えた瞬間、イドリスは声をあげて笑った。

「よし、それではこれから惺の歓迎パーティを行おう」

美しい双眸がふっと支配者の尊大さをたたえた気がして、惺は身をすくめた。

「では、全員の前で誓え。今日から私の寵姫《ちょうき》になると」

「な……」

「私の命令は絶対だ」

「いいかげんにしてください。俺をからかって遊んでいるのですか」

男に、しかも護衛に寵姫の役目を命じるなどありえない。

礼節を重んじ、知性を愛し、矜持に満ちた王子だったはずなのに。あまりにも戦乱が続き、頭がおかしくなられたのか。

「王子、俺は男です。ましてや護衛です。寵姫など承伏しかねます」

惺はきっぱりと返した。

「気にするな、私を悦《よろこ》ばせることができる者のすべてが私の寵姫だ。護衛であろうと、肉体的に魅力があれば私は満足だ」

「……本気でおっしゃってるのですか」

「本気だ」

ラタキアの法では、妻と寵姫は違う。

彼らにとっての寵姫とは、王族の者だけが所有することのできる特定の性奴をさす。どんなときも、いついかなるときでも、誰の前でも、主人の命令があれば逆らうことは許されない。

「さあ」

王子が慇懃《いんぎん》に手を突きだしてくる。

「……わかりました」

この人はこちらの名誉やプライドを傷つけて楽しんでいるのか。

以前はこのような悪ふざけを楽しむような人ではなかった。王族に許された性的な遊びや、人権を無視した寵姫の存在を激しく疎《うと》まれ、自身が政治の場に顔をだすようになったときは、そのような法律を変えていこうと考えているような人だった。

――だからこそ、俺はこの方のことを……。

それなのに、離れていた八年の間にイドリスは変わってしまった。惺の焦がれていた高貴な王子は存在しないらしい。

ここにいるのは、オイルダラーの成金王子。かつてのイドリスが最も嫌っていた人種に、イドリス自身が成り下がってしまったようだ。

「これで決まりだ。おまえは私の寵姫で、護衛。いいな」

激しい失望を感じながら、惺は触れるか触れないかで、イドリスの手の先に唇をよせた。

――畜生……こんなことって。こんなことなら、再会しないほうがよかった。

高らかに笑うイドリスの声。

「では、そこに跪き、私を達《い》かせろ。今すぐに」

イドリスの低い声がハマムに響く。

「達かせろって……それは……」

「おまえの口ででもいい、おまえのなかでもいい」

「そんなバカな……こんな衆人環視のところで……俺は……」

「人に見られるのがイヤとは……処女の花嫁のような男だな」

「……当然です、俺にとっての性行為というのは他人に見せるようなものではありません」

「私は平気だ。しかしおまえ、一体、何様のつもりだ。私の所有物の分際で」

惺は唇を嚙みしめた。

所有物――――だと。

こうしてこれから先もずっと弄《もてあそ》ばれるのか？

今すぐこの場を去りたい。しかしそんなことをすれば、自分はここで抹殺され、家族は全員処刑される。

――耐えなければ……こんな屈辱くらい、命があれば。

握りしめた拳《こぶし》を小刻みにわななかせながら、それでも惺はゆっくりとイドリスの前に膝をつき、彼が肩からはおったアラブ服の裾に手を伸ばした。

しかしそのとき、ナディールが止めに入った。

「お待ちください」

「何故止める」

イドリスが眉間《みけん》をよせる。

「もう間もなくパーティが始まります。こちらにはサミアさまもいらしていますし、他にも大勢の招待客が館《やかた》に滞在していらっしゃいます。こんな場所でうかつにこの男を信頼し、お身体に触れさせ、なにかあっては内外に示しがつきません。ましてやこの男は死刑囚の家族です」

イドリスは目を眇めたまま、惺をじっと見下ろした。しばらく舐めるように見たあと、ふっと鼻先で嗤《わら》う。

「わかった」

王子は傍らにきたナディールの腰の半月刀を鞘からぬきとり、大きく半円を描いた刃を舌先ですっと舐めた。そして惺の首の付け根に刃先を定める。

「……俺を死刑にしないとおっしゃったはずですが」

「殺しはしない、検分するだけだ」

王子は静かに半月刀を持つ角度を変えた。一瞬にして、シャツのボタンが音を立てて弾ける。

「なにをなさるんですか」

目をみはる惺に、イドリスは艶やかな笑みをむける。

「夜伽の前に、おまえの身体を確かめる」

「……つな……」

「この男をそこへ。そして両手を広げさせるんだ」

「……っ……待ってくださ……」

「じっとしていなさい。王子に逆らってはいけません」

傍らにいたトルコ人二人が惺の両手を摑み、ぐいっと肩の付け根から広げる。

「……くっ」

イドリスは器用な手つきで惺のシャツの残りのボタンをひとつずつ外していった。

「……王子……おやめ……く……っ！」

はらりとシャツがはだけ落ち、胸肌があらわになる。

「昔と同じようになめらかな肌をしている。東洋人のきめ細かさと、皮膚の張りは見事なものだ。それに引き締まったしなやかな筋肉。なにもかもすべてが美しく、官能的だ」

半月刀の先が胸骨を辿《たど》っていく。ふいに乳首に冷たいものが触れ、身体がこわばる。

「……待……こんな……っ……」

ぎゅぅっと胸の粒を半月刀の柄《え》で押し潰《つぶ》され、一瞬、背筋を駆けぬけた奇妙な感覚に惺は息を呑んだ。

「ん……っ」

「初心《うぶ》な反応だ。八年も私に操立てしてきたのか、昔からここを苛《いじ》められるのが好きだったな」

ぐいぐいと乳首を硬質な物体でつつかれる。肌の奥のほうがジンと疼《うず》き、軽くいじられているだけなのに、そこが不思議なほど鋭敏になって鼓動が激しく脈打つ。

「う……やめ……っ」

爪《つめ》を立てて胸の粒を摘《つま》まれたとたん、カッと下肢のあたりに電流が奔《はし》ったような痺《しび》れを感じ、惺はとっさに腰をずらそうとした。

そのとき、身をよじった反動で、首筋にかすかに刃物が触る。

「痛っ……！」

鋭利な痛みに思わず顔が歪《ゆが》む。首筋を生あたたかな血が流れるのがわかった。

「バカなやつだ。皮膚が切れたではないか」

イドリスが目配せすると、傍らにいた使用人の一人が布で惺の血を拭《ふ》きとる。

「王子……どうか……こういうことは」

「駄目だ。……ナディール、パーティまであとどのくらいある？」

「三十分の余裕がございます」

「そうか。なら、それまで、惺をじっくりと確かめて楽しむとするか」

イドリスがそう告げて目配せした瞬間、惺は大理石の台の上に座らされた。

「う……っ」

ぐいと両足を広げられ、その間に立ったイドリスに艶やかな眼差しで見下ろされる。

「さて、どこからおまえを調べようか」

イドリスは半月刀を摑んだ手を腰にあてがい、もう一方の手で惺のズボンのベルトをひきぬいた。するとナディールが困惑した様子でイドリスに問いかける。

「お待ちください。本気でこの者の肉体をここで検分されるのですか？　この男に他意があるかどうかをお確かめになりたいのでしたら、他の者に命じても…」

「わからない奴だな、ナディール。惺は私の所有物だ。私がこの男で遊びたいだけだ。楽しみを奪うな」

こちらを人間と思っていない彼の言動に、惺は固く唇を嚙みしめた。

やはり大きく人格が変わられてしまったらしい。

こちらの心のなかを悟ったかのように、イドリスは冷笑を見せ、ファスナーのなかに手を忍ばせてくる。

「何だその目は。私をバカな男だと憐《あわ》れんでいるような目をむけて」

「……うっ」

ぎゅっとズボンのなかで性器の根元を握りしめられ、かっと下肢が熱くなる。惺はとっさに身体をよじらせた。

「イドリス……さ……っ…。俺はあなたを護《まも》るために……きたのに……」

「おまえが護るのは私の肉体だけではない、私の心も含まれる。こうして私の心を楽しませ、満たしてくれる者がいないと、心が死んでしまう。クーデターから他国に逃れてくるしかなかった私の孤独な心を癒《いや》すのも護衛のつとめだ。私の心に平安と娯楽、そして心地よい快楽を与えるのも、これからのおまえの仕事だ、惺」

「……嘘だ……あなたは俺に屈辱を……与えようとして……」

「バカな。屈辱を与えたいだけなら、おまえごときに私は触れたりはしない。今宵《こよい》のパーティで、他の客どもの慰みものになるのを、高見から見物するほうがずっと楽しい」

「他の客……？」

「今夜は各国から名だたるお歴々がきている。私は主催者として、彼らにその性を満足させる豪華な男女を用意しなければならない。尤も、おまえは見た目はなかなか美しく若いオスの獣だが、躾《しつけ》が行き届いていないゆえ、お客人の夜伽を任せるには不十分だ」

イドリスの指先が胸の上を這《は》い、惺は息を詰めた。隣にいたトルコ人から湯を入れた柄杓《ひしゃく》を受け取り、イドリスがゆっくりと惺の身体にかけていく。

「惺……」

濡れた惺の鎖骨《さこつ》をなぞり、イドリスは胸元まで指を滑らせてきた。ひっぱりあげるように胸の粒を摘まれ、指の腹でぐりぐりと乳輪をなぞられる。むず痒い快感に甘ったるい呻きが漏れる。

「……うっ……んっ……」

イドリスの傍らにはナディールが無表情で佇んでいる。

それに使用人たち。他にも戸口には銃をもったアラブ服姿の護衛。こんな姿を大勢の人間に見られるなんて耐えられない。

反射的に腰をよじらせ、惺はイドリスの指から逃れようとした。

「もうやめ……イドリスさま……」

性器と胸に触れた指先がゆるゆると蠢《うごめ》き、もどかしさに惺はくっと唇を嚙みしめる。

イドリスの指が乳首を揉《も》みしだいている。もう一方の手は、惺の性器を執拗に弄んでいる。

彼の指からくりだされる巧みな刺激に身体は悔しいほど従順に反応していた。

「あ……ん……つんん……」

切なげに漏れでた声が、ハマムに反響する。

王子に翻弄《ほんろう》されている姿を、何人もの男たちに眺められている哀しさ。それなのに、自分の四肢に広がっていく甘い悦楽が腹立たしい。

「く……ふ……う……っ」

いつしかズボンはしどけなくファスナーをさげられ、剥《む》きだしになった惺のペニスをイドリスの手がゆったりとしごいていく。

「イドリス……さま……たのむ……どうか……やめ……」

だがそんな懇願を無視し、イドリスがペニスの根もとをぎゅっと強く握りしめてきた。

「あう……ああっ！」

腹部から迫《せ》りあがってきた快感に惺は大理石の上で思わず、身をよじる。

両手を捕まえられ、脚を広げたまま、身じろぐこともできない甘い苦痛。

「あ……ん……っん」

他人の目の前で愛する男に嬲られることへのいたたまれなさが反対に惺の四肢を敏感にし、なぜか身体を昂らせてしまう。

「あ……あぁ……っ……あぁ……苦し……」

爪で感じやすい先端をこすられ、かぁっと衝《つ》きあがってきた疼きに、惺は目を固く瞑《つむ》り、必死に耐えた。

「あ……っ」

惺の理性や自尊心は剝《は》ぎとられ、全身が快楽の渦に呑みこまれそうになっている。

「かわいい男だ。本当に誰からも開発されなかったようだな。おまえの身体は私に奪われた十代のときのままなのか」

ふるふると全身が痙攣《けいれん》し、身体の中心が熱い激流に包みこまれたかのようになって、苦しくてなにも言葉にすることができない。

過ぎた快感に全身を総毛立たせ、甘い喘《あえ》ぎを漏らす以外……。

「ん……！　ふぅ……っ……やめてく……っ…あぁっ」

喉を引きつらせ、かすれた叫びをあげたとき、ひときわ荒々しく窪《くぼ》みをこすられ、次の瞬間、ふっと身体が楽になった。

性器の中心からどくどくとあふれでる白濁。彼の手の中にとろみのある粘液を吐きだしていた。

「――っ」

射精をした解放感と、他人の手で衆人環視の前で達かされた屈辱。

はあはあと肩で息をしたとき、イドリスの肩ごしに立つ一人の女性の姿が見えた。

「王子、お戯《たわむ》れが過ぎませんか」

ハマムに響く甘やかな女性の声。上質のアバヤを身につけた長身のアラブ系美女がハマムの戸口に佇んでいた。

冷ややかな彼女の目。己の浅ましいさまを見知らぬ女性に見られていたことに、惺は愕然《がくぜん》とした。

「いったい……これは」

唇をわななかせている惺の前に、彼女がアバヤの裾を翻しながらゆっくりと歩いてくる。

とっさに精液で汚れた下肢を隠したかったが、両手を広げられた姿勢ではそれもかなわず、脚を閉じたくてもイドリスが間にいるため、どうすることもできない。

「王子、この男は私の護衛ではなかったのですか。それなのに、あなたの手でこんな無体な真似をなさるとは」

責めるように言う彼女に、イドリスは悪戯《いたずら》を見咎《みとが》められた子供のようにふいに無邪気な笑みを見せた。惺が一度も見たことがないような、人なつこく、優しげな笑み。

「紹介しよう、惺。寵姫というのは冗談だ。おまえがあまりに美しくなったものだから遊んでみたくなっただけだ。今後、夜は私の護衛、昼間は彼女の護衛をするように」

「え……っ」

「初めまして」

美女は惺の淫《みだ》らな姿に臆することもなく、艶やかな笑みを口元に刻んだ。

「彼女は私の婚約者のサミアだ」

婚約者――――。

惺がそのアラビア語を理解するのには数秒の時間が必要だった。

## 3

いつまで経《た》っても目覚ましが鳴らない。

そろそろあの一ドルで買ったうるさい目覚ましが音を立てそうな気がするのだが。

「――しまった！」

カーテンの隙間《すきま》から差しこんでくる明け方の光に、惺ははっと目を覚ました。

一瞬、寝坊をしてしまったのかと、あたりを見まわす。

赤を基調としたエキゾチックなキリムが敷かれた、イスラム風の部屋の中央。

ハワイの無機質なコンドミニアムとは対照的で繊細な象眼《ぞうがん》細工が施された壁に、ほんの数秒、自分がどこにいるのかわからなくなる。

ちょうどそのときだった。

コーランの流麗な音楽のような響きが石造りの街全体に反響していくのが聞こえきた。

アッラーは偉大なり――アッラーフ・アクバル。一日五回、メッカにむかって祈りを捧《ささ》げるイスラム教徒たちのアザーンだ。

――そうか……ここは……イスタンブール――か。

スプリングの効いた寝台からゆっくりと降り、惺は窓辺に佇んだ。

夜明け前のボスポラス海峡には、大小さまざまな船が行き交っている。

ボスポラス海峡と金角湾《きんかくわん》がぶつかるところには、数本の白い尖塔《せんとう》を携えた赤っぽい壁のアヤ・ソフィヤ寺院。

音楽のように美しく町中に反響していくアザーンが、ここは中東なのだということを惺に改めて痛感させる。

ラタキアにいたころも、一日五回、国中に響き渡っていた。

中東とハワイの時差は、確か十二時間だ。トルコは夏時間《サマー・タイム》を採用しているので、今だと十一時間の時差になるのかどうだったたか。

とにかくむこうとこちらでは昼夜が逆転しているので身体には倦怠感《けんたいかん》が残る。

何の準備もなく、いきなり地球を半周してきたのだ、疲れても当然だろう。昨日、ハワイで目覚めたときは、まさかトルコで夜を迎えるとは想像もしなかったのだから。

しかも……あれほど変わってしまったイドリスと再会することになるとは。

ハマムでの彼の、以前とはまったく異なった自堕落な姿には失望した。一体、なにが原因で、あのような振る舞いをされるようになったのか。

そして――――。

『彼女は私の婚約者のサミアだ』

そう言って浅黒い肌の美貌《びぼう》の女性を紹介された。

イドリスの隣に並んでもひけをとらない美貌をもった女性だった。

その上、身分も彼にふさわしいラタキアの高位の貴族である。父親は外務大臣、母親は王族出身だという。

イスラムの戒律にのっとり、いずれ王族のひとりとして彼は四人の妻をもつことになる。そんなことはわかっていた。

それなのに、どうしてこんなに胸の奥に鉛が詰めこまれたような、どんよりとした重い痛みを感じるのだろう。

最初からなにかを求めた恋ではないのに。ましてや、今の彼は惺が焦がれていたころの、高潔で誇り高い王子ではない。

その上、今の自分は家族の処刑免除のため、イドリスに仕えることになった身。

――それなのに……。

耳に溶けこんでくるアザーンのなつかしい響き。

それが当時の恋心を甦《よみがえ》らせてしまうのか、八年の間に捨て去ることができなかった想いが今もまだ惺の胸を支配している。

しかしイドリスには、惺は幼なじみという認識すらもたれていないようだ。

しかも彼は惺に婚約者の護衛をたのんできた。

『惺、昼間、私が大学院に行っている間、おまえはサミアの身をしっかりと護るように。たのんだぞ』

あのとき、惺にはイドリスの気持ちがまったく理解できなかった。

少なくとも過去にイドリスと惺は二度身体の関係をもっている。

彼は平然とそれを他人の前で口にし、また余興のように惺を使用人の前で辱《はずかし》めた。サミアはその様子を見ても、顔色ひとつ変えなかった。

――王族や貴族たちには、異国出身で、罪人の家族である俺など、人間と思われていないのだろう。

惺は窓辺にもたれかかって目蓋《まぶた》を閉じ、流れてくるアザーンに耳をかたむけた。

惺自身はイスラム教徒ではないが、その響きや文化になじんで育ったため、奇妙なほどの郷愁をそそられる。

このイスタンブールの南方には、何千年という古い歴史の歳月を堆積《たいせき》させてきた国ラタキアが領土を広げている。

物心ついたときから十七歳までの十数年の歳月を過ごした国。日本人でありながら、惺にとっては、あの国こそが故郷と呼べる場所だと、ここにきて改めて実感していた。

†

初恋の相手にして、幼なじみ。

母親を早くに失い、イドリスは広々とした宮殿でぽつりと暮らしていた。

王族にのみ許された白い装束をまとい、いつも憂鬱《ゆううつ》そうな眼差しで遠くを見ていた。

イドリス王子と出会ったのはいつのことだったか。

「惺、今日からあなたはイドリス王子のおそばで、彼のお友達として彼をお護りするようにと、王さまから言われたの。いいわね」

母に手を引かれ、イドリス王子のいる宮殿に行ったことは何となく記憶に残っている。

アラビア半島の小国ラタキアは、数千年の歴史をもつ王国だ。

かつては真珠の養殖と上質の乳香が採れることで栄え、現在は石油と天然ガス資源によって潤いをもたらされている。

その一方、山岳部や海沿いの集落に国家が把握しきれていない武装部族が多く存在し、治安部隊との小競り合いが頻発していた。

武装部族たちは二十年ほど前までは砂漠の奥地に首長国を築いていたが、戦闘に敗北し、ラタキア王国に統合されることになった。

そのときに和平のしるしとして、国王の第二王妃となった首長の娘——それが第三王子イドリスの母親だった。

イドリスの母親は、表向き、病気で亡くなったとされていたが、実際は、政治的な理由から暗殺されたらしい。

国王はイドリスの安全のため、治安部隊とも武装部族とも関係のない日本人を彼のそばに置くことにした。

当時、ラタキアには日本の石油会社の関係者が多くビジネスのために滞在していた。

そのなかに、イドリスと同い年の息子がいる惺の家族に白羽の矢がたち、宮殿内に住むようにという命が下ったのだ。

「私は同い年の友人など必要ない。そばにいてもいいが、おまえから私に話しかけてくることは許さん」

初めて会ったとき、彼はちらりと惺を一瞥し、無感情な声でそう言った。

「いいな、私はおまえを友人とは思わない。おまえは私には空気同然の存在だ」

大勢の使用人たちの前で言われ、惺は呆然とした。

自分を見つめる彼の冷徹な視線に恐怖を感じたことも加わり、「王子のそばに行きたくない」と、その夜、家に逃げ帰り、惺は泣いて母に訴えた。

「ごめんね、惺、イドリス王子は気むずかしい御方なの。我慢してそばに控えて。お願いだから。国王の命令で、あなたは友人として王子のそばに控え、同じ家庭教師のもとで勉強し、同じ稽古《けいこ》事をし、同じ学校に通う約束なの。有事のときに命がけで彼を護るために」

「いやだ……命がけなんて……」

「お願い、みんなの生活がかかっているのよ」

懇願するように母に言われ、惺はさらにとまどった。

母の眸に涙がにじんでいたが、そのときは母がなにを言っているのか、惺にはまったく理解できなかった。

あとで、生まれたばかりの弟の和樹に臓器移植の必要があり、両親はそれが可能な海外に出てきたことを知った。そのため、ラタキアの国王に多額の借金をし、国王の命令に逆らうことはできない立場だということも。

「ごめんね、和樹を護るために、おまえを犠牲にするような結果になって。ラタキアにくるときはこんなことになるなんて想像もしなかったのよ。でも安心して、彼を護る役目を任されたからといって、確実に死ぬというわけじゃない。しっかりお仕えして、王子に気に入られれば、おまえにとっても悪いことにはならないはず。むしろ王子と同じ教育をうけられるなんて、そんなありがたいことはないわ」

母に悟され、翌日、惺は思い直して王子のいる王宮に戻った。

そしてその日から彼の隣室で暮らすことになったのだ。

自分にひと言も話しかけてこない冷たい雰囲気の王子。そんな王子のそばにいるのは本当に苦痛だった。

その当時、宮殿内に家庭教師を招いていたため、彼とふたりでテーブルに着き、小学校で習うような勉強をひととおり学ぶことになった。

他に、乗馬、剣術、武道といった身を護るためのことに加え、ダンスやゴルフ、クリケット、ピアノ、ヴァイオリンといった王家の人間に必要な教養。そしてコーラン。

イドリスは子供ながら目鼻立ちの整った、人形めいた風貌の王子だった。

アラブ人のようで生粋のアラブ人には見えない。かといって、欧米人のようかというとそれもどこか違う。不思議な左右非対称の双眸が印象的な。

「イドリス王子さまほど明晰《めいせき》な子供はめったにいません。文武両道で、非の打ちどころがない少年です」

どの家庭教師も声をそろえて彼をそんなふうに称《たた》えた。

そんな彼と机を並べ、同等の学力や体力を求められることは辛《つら》かったが、それよりもなにより も辛かったのは、イドリスが自分になにも話しかけてこないことだ。

勿論、王子が常に無視をしている惺に対し、家庭教師たちも優しく声をかけてくることはほとんどない。

国王に命じられたとおり、王子と同じものを惺に教えるだけの仕事は忠実に行っていたが。

いや、ひとりだけ王子に問いかける家庭教師がいた。週に三度、王子と惺に英語を教えていたナディールで、彼は惺に対しても普通に接してくれる数少ない大人のひとりだった。

「イドリス王子、どうして惺と仲良くしないのですか」

「ナディールには関係のないことだ」

「惺が怖いのですか」

「まさか。興味がないだけだ」

興味がない。その言葉が胸に突き刺さった。

『おまえは私には空気同然の存在だ』

ふと脳裏にあのときの言葉が響き、空《むな》しさがこみあげてきた。

空気、どうせ自分は空気だ。必要とされていないことも、好ましく思われていないこともわかっている。東洋人の異教徒の子供など、彼にとってはどうでもいい存在でしかないことくらい理解している。

でもそんなことは気にしないでおこうと、これまでも自分に何度か言い聞かせてきた。

——俺だって別に王子のことなど好きでも嫌いでもない。母の涙を見るのがいやなので、ここにきているだけだ。

内心で叫びながら、日夜、悔しさや淋《さび》しさに泣きくれていた。

時々、使用人や警備兵のなかには、そんな惺を憐れに思っている振りをして、王子を痛い目にあわせてみないかと、教唆めいた誘いをしかけてくる者もいたが、そうした者たちのことは、惺はすべてナディールに伝えるようにしていた。

そしてナディールの調べで、謀反の疑惑のある者は逮捕され、謀反の疑惑のない者も念のため、別の場所への仕事を命じられ、宮殿を去っていった。だからといって、王子が惺と親しくなることはなかった。

「惺、気にしなくていいですよ。今はお互いに幼すぎてわからないことも多いと思います。王子もあなたもいずれ大人になったとき、それぞれがそれぞれの立場でどんな思いを抱えていたかわかるでしょう」

ナディールはよくそう言って惺を慰めてくれた。

「王子が俺に話しかけてくれることなんて……きっとこの先もないよ」

「王子は別に惺だけに心を閉ざしているわけではありませんよ。我々にも彼は決して心を開いていません」

ナディールの言うとおり、確かに王子が話しかけないのは惺だけではなかった。

用がないときは使用人や家庭教師と接触することもなく、他の王族たちのように、猫科の見目麗しい肉食獣や、鷹《たか》狩り用の猛禽《もうきん》を飼うこともなく、誰か特別に親しい友人をつくろうとしているふうでもなく。

——王子は淋しくないのだろうか。それとも王子は少し変わっていて、ひとりでいることが好きなのだろうか。

王子がなにを考え、なにを思って暮らしているのかわからない。

きっと自分とは生まれも育ちも違うので、理解できない相手なのだろう。そんなふうに思いながら、心が通わないまま王子のもとで暮らして三年が過ぎたころだろうか。

ふたりが十三歳になった年に、王子の命が狙われる事件が起きた。

それまでも何度か王子が危険に晒されるときはあったが、王子の機転や使用人たちの働きで何とか回避されてきた。

しかしそれは王子と惺しかいないときに起こった。

入浴はひとりがいい。そう言って、ハマムに単独で入浴していた王子のもとに一匹の毒蛇が投げこまれたのだ。

彼の入浴中、惺は柱の陰でそっと控えていた。

そのとき、ハマムの浴槽と柱の陰にふっと蠢くものを発見し、それまでの禁を破って王子に声をかけた。

「王子、動かないでください！」

浴槽から出ようとした王子が足を止める。

しかしいち早く物陰にいた毒蛇が彼の足に襲いかかろうとした。

体長三メートルほどの、緑灰色がかった蛇だ。もたげる鎌首《かまくび》、シューっという舌の音がしたかと思うと、蛇が頸部《けいぶ》を大きく広げる。

「王子っ！」

惺はとっさに手を伸ばして蛇の尾を摑んで、その動きを止めようとした。

無我夢中だった。毒蛇の尾を摑んではいけない、首を押さえつけるようにと、コンバット専門の家庭教師から教わっていたというのに、王子を助けなければという思いが勝り、すっかりとその教えを忘れていた。

「惺っ、駄目だ、危ないっ！」

ハマムに王子の声が響いた刹那、蛇の黒い口内から赤い舌と鋭利な牙《きば》がのぞき、惺の腕を捕らえていた。

「うっ……！」

グサリ。毒蛇の牙が皮膚に突き刺さる。骨まで砕きそうなほどの牙だった。

そのまま失神してしまいそうな猛烈な痛みを感じたが、王子を護るのが自分の役目だという意識に衝かれていたため、惺は何とか蛇を押さえこもうと格闘した。

「惺……」

「平気です……どうか近寄らないでくださ……」

渾身《こんしん》の力で、何とか腕から引きはがす。すると惺が怯《ひる》まないことに気付いたのか、シューっと音を立て、再び黒い大きな口を開けて蛇が襲いかかってくる。

「くぅっ」

今度は腿《もも》を咬《か》まれた。激痛に全身が痺れる。だが、何とか蛇の首根っこを押さえこむことができた。力を振り絞り、腰に携えていた小さな半月刀で蛇の首を切り裂く。

「……もう平気です……王子、話しかけて……すみませ……」

これで大丈夫だ、そう思った安心感から、惺はその場にがっくりと倒れこんだ。

「惺、駄目だっ、惺、しっかりしろ！」

意識を失う寸前、王子の腕が自分の身体を抱きかかえた。悲痛な叫び声が響いたと同時に、なにか熱い雫が惺の頬《ほお》にぽとぽとと落ちてくる。

王子が俺を心配して泣いている？

いや、まさか、そんな都合のいいことはあるものか。

絶対に蛇の毒が見せた幻覚だ。そう思いながらも、それが本当ならいいのに、それならこのまま死んでも少しは王子に哀しんでもらえてうれしい……などと埒《らち》もないことを考えながら、惺は意識を手放していった。

その後――――惺は宮殿内の医療施設に運ばれた。王族の万が一に備えて用意されていた抗毒血清のおかげで一命をとりとめたものの、強烈な神経毒と心臓毒をもつ蛇だったため、一週間ほど重篤《じゅうとく》な状態が続くことになった。

さらに意識が戻ったのは、事件のあと、十日が過ぎてからのことだった。

「ん……」

俺は助かったのか。ぼんやりとそんなことを考えながら目を開けると、枕元《まくらもと》に王子がうずくまるようにして顔を伏せて眠っていた。惺の手をぎゅっと握りしめながら。

「王子……」

驚いて呟くと、傍らにいた医師が肩をすくめて苦笑した。

「よかった。意識が戻ったんですね」

「あの……王子は……」

「王子がここまであなたを運び、ご自身用の血清を使って治療するようにと指示してきたのです。あなたを案じて、彼はずっとこの施設に詰めたままです」

「どうして……そんな……」

「名誉なことですよ、王子自らがこのようにしてくださるなんて。よほどあなたのことを気にかけていらっしゃるのですね」

そんなことがあるのだろうか。空気だと思われているはずなのに、彼が自分を案じることなど本当にあるのか？

そんな疑問のまま、じっと彼の寝顔を見ていると、彼が目を覚ました。

「目が覚めたのか」

安堵したような王子の笑み。初めて見るその微笑に、惺は毒蛇を発見したときよりも驚愕《きょうがく》したような表情をしてしまった。

するとそんな惺の視線に不機嫌そうな顔つきになった王子はこちらの額《ひたい》に手を伸ばし、くしゃりと髪を撫《な》でてきた。

「ゆっくり養生しろ。命令だぞ」

「ですが……」

目蓋を瞬かせると、王子はついと視線をずらした。

「退院後は、空気から人間に昇格することを許す。用があるときに話しかけてくることも許可しよう」

尊大な態度で告げ、王子は病室をあとにした。そしてそれからあとは、惺が退院するまで二度と病院を訪れることはなかった。

あのころ、王子はいつも孤独だった。無口で無愛想で、他人に決してなじまない。人が嫌いなのだろうか、どんなことにも興味はないのだろうか。惺はそんなふうに思っていたが、実はそうではなかった。

彼が周囲に他人をよせつけず、常に関わろうとしないのには大きな理由があったのだ。

それを知ったのは退院した日。

宮殿に戻ると、王子は惺に問いかけてきた。

「惺、おまえ、本気で私を護る覚悟ができているようだが、今後は私のために命を投げだすことは許さない」

「でも、それが俺の仕事ですから」

惺はきっぱりと返した。

「俺は母から、イドリス王子の命を護るように言いつかっています。人間に昇格できるのはうれしいけど、王子の命があってこそ……俺たちはこの国で暮らしていけるので」

短い沈黙のあと、王子は肩で息をつく。

「そこまで言うのなら、おまえに私の宝物庫を見せてやろう。私の宝物を一堂に集めてあるんだ」

王子は宮殿の奥に惺を案内した。

宝物庫。一体、そこにどんな宝物があるのか。

惺は王子の背中を見ながら、ふっと淡い笑みを口元に刻んでいた。

年よりもずっと大人びているのに、彼がそうした部屋をもっていることに、まだまだ子供らしさのようなものを感じてほっとする。

――よかった。彼も普通の子供だ。

母親は亡く、父親からも距離を置かれた生活をしているために、少し風変わりなところがあるだけで。

使用人たちがうやうやしくかしずくなか、純白のクフィーヤを翻し、王子は長い廊下を進んでいく。

やがて一番奥にある部屋の前で彼が立ち止まる。

アトラスシーダーの木に細かな細工を施した木製の扉に手を伸ばしかけ、王子はくるりと振りむいた。

「いいな、惺、これからここで見たこと、聞いたことは他言無用だぞ」

王子の左右非対称の双眸が強く閃《ひらめ》く。惺は無言でうなずいた。

どんなきらびやかで、美しい世界があるのだろう。

宝石か絵画といった芸術品か、それともラタキア男性の象徴ともいえる美しい半月刀のコレクションがあるのか、或いは近代的な銃か、それともライフルといった武器のたぐいか。

そんな期待を感じて室内に入った惺の前で、イドリスがランプの明かりをつける。

「これは……」

一瞬で自分の顔から血の気がひくのがわかった。

石造りの部屋にずらりと並べられていたのはコブラをはじめとする無数の毒蛇の剝製《はくせい》、十種類近いサソリの死体、ライオンやハイエナの剝製。

蛇のなかには、この間、惺に咬みついたブラックマンバも含まれていた。それに、明らかに人骨というのがわかる髑髏《どくろ》が十数個近く飾られている。

「左側にあるのは、すべて私の暗殺のためにむけられたものだ」

「え……」

惺は息を呑んだ。

「そして、そちらにあるのは、私のために喪《うしな》われてきた命だ」

王子の視線の先を追うと、窓辺の横に造られた彼がかつて飼っていたと思われる数匹の犬や鷹の剝製、それに母親の遺影を中心に、十数個の髑髏が置かれている。

骸骨《がいこつ》のひとつを手にとり、王子はじっと惺を見据えた。

「右側に並べられたくなければ、左側のものすべてを倒していかなければならないということだ。私はまだ子供だ。成人したときは、こんなものとは比べものにならないほどの敵が襲いかかってくるだろう。武装勢力、テロリスト、軍隊……」

「イドリス王子……」

「私を護りたいというのなら、それらのすべてと戦っていけるだけの男にならなければいけない。

右側の髑髏の仲間にならなくてもいいように」

蛇に咬まれたとき、王子が自身用の血清をわけてくれなければ、惺はとうに死んでいた。この髑髏の仲間入りを果たしていた……と思うと背筋がぞっとする。

「惺、彼らの仲間になりたくなければ、母親や国王から命じられたからではなく、おまえ自身の意志の強さが必要だ。もしおまえに意志がないのなら、私は、父におまえを自由にして欲しいと頼む」

「ですが、俺の家は…」

借金があって……と言いかけた惺の言葉を、イドリスが遮る。

「それについては、気にかけなくてもよい。この間、おまえは毒蛇から私を護った。その手柄で、借金は帳消しになった。おまえはもう自由にしていいんだ。両親や弟のもとに戻っても、誰もおまえを咎める者はいない」

あまりに突然のことに夢でも見ているのではないかと戸惑いをおぼえ、念のため、惺はおそるおそる王子に問いかけてみた。

「あの……では……俺……家に帰ってもいいんですか？」

王子は口元に淡い笑みを浮かべた。

「ああ、これまでの任務、ご苦労だった。異国の地で幼いときに親元から離され、三年以上も私のような者のそばでさぞ苦労したことだろう。これからは存分に人生を楽しむがよい」

「……王子はそれをお望みなのですか？」

一瞬の沈黙のあと、王子は視線をずらし、右側に並べられた数々のものを一瞥した。

「私は他者の命が私のために散ることを好まない。父の命令でここに連れてこられたおまえが憐れで仕方なかった。すぐに家に戻してやりたかったが、父とおまえの家の間で約束があったのだとしたら、私にはどうにもできない。しかしいずれ機を見計らい、おまえを自由にするつもりだった」

「まさか……では私を空気とおっしゃったのは…私を嫌っていたからではなくて……」

「空気であれば、私と接する機会も少ない。おまえの命が危険に晒される確率も低くなる。私から徹底的に無視されるなか、おまえはよく三年も耐えた。その意志の強さ、健気《けなげ》さ、真摯さを好ましく思うことはあれど、疎ましく思うことは一度もなかった」

このとき、惺はようやく王子を理解した。

彼自身は自分に降りかかる、いかなる困難も受けいれる覚悟で生きている。孤独であることも、とうに覚悟しているのだ。それによって他人の命がいたずらに奪われないために。

まだ少年ながら、この方は生まれながらの王子だ——と確信した。

「さあ、もう私のことはいい。おまえは帰れ、家族のもとに」

「王子……ですが」

「いいから行け。早く」

王子がポンと惺の背中を押しだす。

「……わかりました。これまでお世話になりました」

悍は一礼し、その場を去った。

宝物庫を出て、扉を閉めたあと、ふいに身体が軽くなるのを感じ、涙が出てきた。

このまま去っていいものか、戸惑いながらも、これまでの三年間の孤独、淋しさ、空しさが一気に消え、ホッとしたような、拍子ぬけしたような感情が胸に広がっていく。

半信半疑のまま廊下を進みかけたそのとき、しかし一抹の淋しさが胸の底を駆けぬけていった。

悍は振りむき、繊細な細工が施された部屋の扉を見つめた。

王子はこれからもずっとひとりなのだ。この宮殿のなか、母もなく、ひとりの友もつくらず、犬や鷹を飼うこともなく。

いかに生まれながら王子として生きている人とはいえ、まだ悍と同じ十三歳の少年であることには変わりない。

「あの……王子……」

悍は踵を返し、扉を開けた。

瞬間、驚いた顔の王子が振りむく。その頬がうっすらと濡れていたことに気づき、悍は思わず硬直してしまった。

見まちがいではない。彼の頬を、窓からの光がはっきりと照らしていた。しかしさっと肩にかかったクフィーヤを払う振りをして彼はそれを拭《ぬぐ》い、いつもの不機嫌な顔で言う。

「入るときはノックをしろ」

「失礼しました」

「なにか忘れものか？」

腕を組み、尊大に振る舞う王子。

惺はじっと彼を見つめた。

この三年、ふたりは心が通うような会話を一度もしたことがない。

それでも生活態度や振る舞いによって彼は自分を好ましく思ってくれていた。惺のなかにある本質的な部分を知ろうという目をむけてくれていたのだ。

それなのに自分は、彼の内側に目をむけることはなかった。

ただの風変わりな王子だと思いこみ、そのなかに存在する優しさや心の広さ、そして自分にむけられていた本当の眼差しの意味を感じとることもできず。

今、ようやくこの王子の本質が見え始めてきたというのに、このままここを離れたら、きっともう生涯、この王子と心を通わせる機会などないだろう。

この人のそばにいると、必ず危険に直面するだろう。

また刺客に狙われたら、実際のところ、どうすればいいかわからない。怖い。けれど。

「俺……ここに残ります」

惺の言葉に、王子は目を眇めた。

「わかっているのか、その意味を。命を奪われる可能性があるんだぞ」

「ええ。刺客は怖い。家族にも会いたい。でも……このまま生涯、王子と離れて暮らすほうが辛い気がするんです」

「それは……私を好ましく思っているからか？」

「おそらく。い、いえ、おそらくではなく、本気で」

「これまで一度もまともに言葉を交わしたことがないのに？」

「ええ、だからこそもっとあなたのことが知りたいんです」

きっぱりと言い切った惺に、王子は呆れた様子で息をつく。

「おまえ、毒にやられて、頭がおかしくなったのか？」

「そうかもしれません。確かに以前の自分ならこんなふうに思いませんでした。でも今は、どういうわけか、あなたのおそばにいたくてしょうがないんです」

一瞬、浅く息を吸いこんだあと、王子はぎゅっと唇を噛みしめ、惺に背中をむけた。

「王子……」

彼の肩がわずかに震えていることに気づき、胸が絞られそうな痛みを感じた。

「王子……おそばにいてはいけませんか？」

その背に近づき、尋ねた。

しかし返事はない。拳を握り、王子は押し黙っている。惺は一歩近づいた。クフィーヤの先に触れるか触れないかのところに手を伸ばし、すがるように懇願する。

「どうかお返事をください。おそばにいる許可を」

すると王子はため息をつき、腕を組んでなにか考えこむようにうつむいた。数分ばかり沈黙が続く。そのあと、腰に手をあてがい、低い声で返してきた。

「許可する」

惺は安堵に頰をほころばせた。

「ありがとうございます」

礼を言った瞬間、王子がふっと笑うのがわかった。

それがうれしかった。自分がここに残ることを彼が喜んでいるのがわかって。それと同時に、彼のその背がどうしようもなく愛しく感じられた。

そのため、ついその肩に手を伸ばし、惺は心のどこかで不躾《ぶしつけ》だと思いながらも訊いてしまった。

「王子、あなたに触れることをお許しいただけますか？」

「触れるだと？」

少し機嫌の悪そうな声。

「あの、後ろからあなたに抱きついてみたい衝動に……」

言いかけたものの、惺はすぐに冷静になった。自分は何ということを口にしているのだろうとふいに我に返ったのだ。

すると案の定、王子は傲岸に返してきた。

「そのようなことは許可できん」

振りむき、さも煩わしそうに言われた言葉に、惺は身をすくませた。

優しさを示され、そばにいることを許されたからといって、厳然と身分の違う王子相手に、自分は調子にのってとんでもなく失礼なことを言ってしまった。それがわかって思わず謝ろうと頭を下げた惺に、ふいに王子の手が伸びてきた。

「……っ」

殴られる！　そう思った。とっさに全身をこわばらせたそのとき、しかし惺の身体は王子の腕のなかに抱き留められていた。

「……あ……あの」

強い力で抱き寄せられ、惺の頬は純白のアラブ服に包まれた胸に押しつけられる。突然のことに心臓が跳ねあがりそうになった。

「おまえが抱きつくことは許さん。私がおまえを抱く」

心地よい絹の肌触り。乳香の甘い匂い。身体を抱きしめる腕のたくましさ。愛しげに頭を撫でるその手の感触。

それらのすべてがあまりにも心地よくてなぜか涙が出てきた。

王子も涙を流している気がした。顔をあげることもできないほど強く抱きしめられていたので、それを確かめることはできなかったが、きっとそうなのだと思うことにした。


その日から、再び彼の友人兼護衛として、惺は彼のそばにいることになった。それまでの三年間を穴埋めするかのように、ふたりはなにをするのも一緒だった。

ともに学び、ともに食事をし、ともに入浴し、ともに身体を鍛え、ともに同じ寝室で夜を過ごす。親友であり家族であるかのように。

何度か刺客に襲われることもあったが、このころが一番幸せだったかもしれない。

いつしかイドリスの厚意で惺の家族も彼の宮殿に招かれる機会が増え、彼は惺の両親や弟とも親しみをもって接してくれた。

「惺の家族は私の家族だ。技師としての活躍を称え、国賓としてさまざまな恩恵にあずかれるようにしよう」

彼はこちらが申しわけなくなるほど心を砕いてくれた。

けれど少しずつその優しさに淋しさを感じるようにもなっていた。

夜、たまに寝苦しさを感じるようになり、ふたりはそれまでのようにお互いが寝付けていないことに気づいた。

相手の吐息を耳にするだけで、なやましい気持ちになったり、朝になって下肢が疼いていたり。

それは大人になるための自然な身体の反応だというのはわかっていた。

王子の側近からも、そろそろ王子に夜伽の相手を探したほうがいい、だが、もし王子が望むのであれば、惺が相手をするようにとも言われていたので、王子がそれをしたいと手を伸ばしてきたときは、従順に従うつもりでいた。

イスラムの世界では男色は禁じられているものの、実際、宗教上、女性を相手にするのが大変だという理由で、性的な満足を得るために男色行為に走る者も多い。

「夜伽のお相手に選ばれることは光栄なことです。なにがあっても逆らってはいけません」

王子の教育係からそう言われ、心のどこかで覚悟を決めていた。

果たしてそれが自分につとまるかわからなかったが、王子に仄かな恋心を抱いていた惺は、それでもいい、むしろそうして欲しいと思っていた。

いずれ王子はしかるべき相手と結婚する身。

自分は、生涯、彼の護衛であり、彼の友人であり続けようと思っている以上、王子が女性と結婚し、家庭を築き、子供をつくっていく姿を間近で見続けなければならない。

それはひどく切ないことではあったが、それが王子の運命であり、自分はそばにいられるだけでも幸せだと思うことにしていた。

だからこそ、ただの性的な相手でも、今、ふたりでいられるこの時期に王子が自分を選んでくれたら……それを生涯の思い出にしよう。そんなふうに考えていたが、王子が惺にはそれを求めることはなかった。

それどころか、時折、「ついてこなくていい」と言って、どこか別の部屋で過ごし、一時間ほどして甘やかな香りを漂わせて自分の寝床につくようになった。

王子には女性の恋人がいる。当然といえば当然だ。

王子は惺に対し、厚い信頼と友情を抱いているが、それは性愛ではない。

――バカだな……女性が相手のほうがいいに決まっているじゃないか。

それなのに、自分は何て甘い期待を抱いていたのだろう、彼は自分を選んでくれるはずだとうぬぼれていたのだ。

そんな自分がどうしようもなく恥ずかしくて情けなかったが、己の恋心を封印し、惺は王子に仕え続けた。

やがて十六歳になったとき、惺は彼とともにラタキアの士官学校に入った。

王族や貴族の子弟ばかりが通う学校である。異国の人間である惺は学校内であきらかに浮いていた。

イスラム教徒でもなくアラブ民族でもない生徒として、ひとりになると、突然、殴られたり、物を盗まれたり隠されたり……と、どう考えても、苛めだと思うことも多かったが、自分はイドリスのためにここにきているのだと思うと、なにをされてもどうでもいいという気持ちになった。

そんなあるとき、また事件が起こった。

首都から少し離れ、砂漠の奥にある陸軍の演習場に研修にむかっていたときのことだ。

アメリカの大使が演習場の視察に訪れ、イドリスは王族のひとりとして、陸軍の士官たちとともに食事会に参加することになり、最終日の研修を休むことになった。

そのとき、これまで惺のことをよく思っていなかった貴族の子弟のひとりがここぞとばかりに嫌がらせをしてきたのだ。

「惺！　おまえ、俺の銃を盗んだだろう」

チームごと数人でジープに乗り、砂漠のむこうにある演習所にむかう途中、オアシスでの休憩中に、アリーというひとりの学生がそんなふうに言って声をかけてきた。

彼はイドリスの異母兄——第一王子の側近の息子だった。親日派のイドリスに反し、第一王子は日本との国交よりも中国との外交を重視し、将来、政治的にイドリスとぶつかりあうことは予測がついた。

「……銃？」

砂漠にあるオアシスで、ジープの外に出るように言われ、数人の学生から囲まれる。

「俺は自分のをちゃんと持っているし、他人のものに興味はないが」

「ではおまえ以外に誰がいるんだ、犯人が」

慇懃に言う男に、惺は肩で息を吐いた。

王位継承者である第一王子の側近の息子ということで、このアリーという学生は、普段からイドリスに対しても何の敬意も払わず、権力を笠《かさ》に着た態度をとるような男だった。しかし学校の教師の手前、面とむかってなにかをしかけてくることはなかった。

おそらくこういう機会を待っていたのだろう。人目につきにくいオアシスの真ん中。しかもイドリスもいないとあっては、彼らが好き放題に惺を嬲《なぶ》り、そのまま殺して砂漠に捨てたとしても、誰にもわからない。

「……俺は盗んだりしない」

「異教徒の言うことは信頼できない」

「なら、調べろ」

惺はもっていた荷物を彼の前につきだした。そして演習用の軍服の上着を脱ぎ、どこにも彼の銃を隠していないことを証明した。

「では、あとはおまえの、その服の下だけか」

彼がまわりの者に目配せすると、他の学生たちが惺の両腕を摑んだ。

「……っ」

灌木《かんぼく》の陰に連れこまれ、複数の生徒に押さえこまれる。

「おまえ、イドリスの夜伽の相手をしているんだろう。夜、寝るときも同じ部屋で過ごしているそうじゃないか」

「それは……俺が王子の護衛だからで……」

「何だ、イドリスのやつ、おまえに手も出していないのか」

「当然だ、あの方はそのような振る舞いはされない」

「もったいないことを。バカな男だ。東洋人は身体のしまりもいいし、肌のきめも細かい。第一異教徒だ。なにをしても許される。孕《はら》ませたところで死刑にはならない。勿論、男なのでそんなことにはならないが。こんなにいい条件のやつがそばにいて欲情しないとは、見た目どおり澄ました野郎だ」

アリーはそう言って惺にのしかかってきた。

「や……やめ……っ」

「アリー、イドリスの手がついていないというのもおもしろいじゃないか。あいつ、本気でこいつを大事に思っているのかもしれないぞ。それを我々で弄ぶというのも楽しい話だ」

「ああ、それはおもしろい。第一王子は、イドリスがいやがることなら何でもしろ、褒美をやるとおっしゃっている」

「最高だ。いい思いをして、褒美ももらえるとは」

「おい、見てみろ、この肌、思ったとおり、さわり心地がいい」

シャツをはだけられ、じかにアリーの手が肌に触れてくる。首筋や胸、それに乳首……と、これまで他人に触れられたことがないところをまさぐられていく。

「よせ……」

背筋がぞくりとした。

「休憩時間は一時間ある。全員でおまえを楽しむのに十分な時間だ」

全員に犯される？　惺が瞠目《どうもく》したそのとき、ひとりの学生が銃口をむけてきた。

「逆らったら、一瞬で終わりだ。おとなしく足を開くんだ。その前に、その愛らしいお口で俺のをかわいがってもらうとするか」

「……くっ……やめて……あっ……くっ……」

惺の髪を摑んで起きあがらせると、アリーは自分の下部からそそりたった性器をとりだした。脈打ち、勃起《ぼっき》したそれが顔に近づけられていく。

「咬んだりしたら、おまえの脳漿《のうしょう》が飛ぶぞ」

いやだ……。必死にもがいて抵抗するが、振りほどけない。それどころか唇をこじ開けるように、そこに太い肉の先端をねじこまれていく。

このままこの男たちに自分は陵辱されるのだ。

そう思った刹那、イドリスの顔がうかんで猛烈に胸が痛んだ。イドリス王子……彼の政敵の部下たちに、このようなことをされるとは。

悔しさと屈辱。と同時に、イドリスへのどうしようもない切ない想いが胸に広がる。

「……うぐっ」

口内でそれはさらに膨らみ、惺は喉を詰まらせた。今にも吐きそうになる不快感が衝きあがってきたそのとき、ザクッという鈍い音が惺の耳元で響いた。

「う……っ！」

アリーの呻《うめ》きが耳に触れた。

次の瞬間、惺の目の前で、だらだらと深紅の血が流れ落ちていく。アリーが惺の口からずるりと自分のものを引きぬいた。

そこにいた学生たちが騒然としていた。なにが起こったのかわからない。目を見開くと、アリーが全身をこわばらせ、オアシスの灌木の間に倒れこむ。

「……っ」

その腿に半月刀が突き刺さっていた。はっと顔をあげると、すぐ傍らに白いアラブ服をまとったイドリスが佇んでいた。

「イドリス……よくも……。俺にこんなことをしていいのか」

イドリスは車ではなく、ラクダに乗ってやってきたらしく、そこに一頭のひとこぶラクダがいた。おかげで彼がきていたことに、誰ひとり、気づかなかった。

「いいもなにも、おまえこそ、私の大切な親友に無礼な真似《まね》を」

「大切な親友？　イドリスは同じアラブ民族よりも異教徒が大切というのか」

「彼は私の親友だ。彼の名誉は私の名誉でもある」

「その……大切な親友が俺の銃を盗んだんだ。その制裁を加えていたのに……よくも……」

「もし彼に性的な制裁を与えると言うのなら、先に私にやれ」

イドリスは、イスラム世界では不浄とされている左手でアリーの頬をはたいた。彼の足からはなおも血が流れていく。

他の学生があわてて傍らのジープのなかに入り、無線を使って、医師を呼んで欲しいと連絡をとっている。

「惺の罪は私の罪だ。惺に罪があるのなら、私が裁かれよう。だが、惺が無実だとわかったときはどうなるかわかっているな。ラタキアの法にのっとり、ここにいる者全員を処罰する」

きっぱりと言うイドリスの声に気圧《けお》されたのか、そこにいる学生たちが後ずさっていく。しかしアリーだけは痛みに顔を歪めながらイドリスに反論した。

「イドリス……いいのか、そのときは……おまえも一蓮托生《いちれんたくしょう》だ。惺が有罪であろうとなかろうと、きさまはラタキアの法にのっとって……俺にしたことと同じことを、その身におわなければならない。つまり……半月刀でその足を傷つけるんだ」

アリーのその言葉に惺はハッとした。

そうだ、ラタキアでは、目には目を、歯には歯を……という法が採用されている。罪なき者に危害を加えた場合、その身に同じ咎をうけなければならない。異教徒への罪は問われないため、この場合、アリーは罪なき者になる。

「待ってください。それなら、王子に代わり、俺がこの身に裁きをうけます」

惺がとっさに自身の腰に差していた半月刀に手をかけようとしたそのとき、イドリスの手がそれを止めた。

「いい、もういいから、行くぞ」

惺の手をひき、イドリスはジープにむかうと、そこにいた学生たちを払いのけ、惺を乗せて運転し始めた。

砂漠に敷かれたアスファルトの一本道に車を進めていく。

「王子、俺たちがジープを使ったら、彼らが帰れなくなります」

「生徒のひとりが医師に応援をたのんでいた。五分もすればヘリがくるはずだ。ラクダもある」

「イドリスさま、ありがとうございます。さっきのは本気で……」

「当然だろう。おまえの罪は私の罪だ。おまえが裁かれないといけないのなら、私がおまえの代わりに裁かれてもいい。だが、おまえは罪を犯したりしない。私はそれを知っている」

イドリスは演習場とはまったく逆の、砂漠の奥地にむかってジープを飛ばし続けた。

遠方には、石油採掘用の巨大な基地も見える。その反対側の広大な砂漠の海のなかに車が突き進んでいく。

「王子、どちらへ」

「ふたりで誰もいない国へ行こう」

「王子……どうされたのですか」

その問いかけに王子はなにも答えず、車のスピードをあげた。どこまで行っても砂の海が続く砂漠の間の一本道を、イドリスはひたすら走り続けた。

やがて舗装された道がとぎれ、イドリスは車を停めた。

すでにあたりは夕闇に包まれ、遠くに山麓《さんろく》が見え、集落でもあるのだろう、ちかちかと光が点滅するのが見えた。

「憬、少し……歩こう」

「いいのですか、危険では」

「大丈夫、このあたりは私の母の部族の勢力圏内だ」

「この地は、シリアのパルミラ同様に、その昔、クレオパトラの末裔《まつえい》が住んだとも言われている美女が多い地域ですよね」

「実際は、クレオパトラではなく、スラブ民族の末裔がいるのだが」

「それがお母さまの先祖ですか」

「ああ、そうだ。ラタキアに併合されるまで、このあたりは『月のオアシス』という小さな首長国だった。あの山麓に見える集落のあたりは、今も国王の権力や治安部隊の勢力が行き届かない、国一番の危険な地域と言われているが、私にとっては、最も安全な場所でもある」

そういえば、一度、イドリスに連れられ、あの山麓の集落に行ったことがある。アラブ系ではなく、スラブの血をひくイスラム教徒たちが慎ましやかに暮らしていた。

イドリスは彼らをはじめとする少数部族の希望の星と言われている。

排他的なアラブ至上主義の第一王子とは違い、アラブとスラブ民族の血をひくイドリスは、国内の平和の象徴として、多数の民族から慕われているのだ。そのため、アラブ至上主義の第一王子やその派閥の人間から何度も暗殺されそうになってきた。

「ここは静かだ。私とおまえ以外、なにも存在しない」

イドリスの長いクフィーヤの裾が荒々しくはためく。

砂漠を進むにつれ、陽が暮れ始め、海の底にいるような夜の砂漠へと変化していった。

「惺……あの山麓から国境を越え、ふたりでどこかに行きたいと思わないか。自由になって年相応に遊ぶんだ」

「無理です。人がいるところでは、あなたはどこまで行っても王子であることに変わりはありませんから」

惺の言葉にイドリスが息を吐く。

「では、この人気《ひとけ》のない砂漠にとどまろうか」

どうしたのだろう、イドリスはいつもと様子が変だ。

砂の盛りあがったところに頭に被っていたクフィーヤを敷き、イドリスは腰を下ろした。惺は傍らにあった灌木の枝を集め、火を焚《た》いた。

「あの……なにかあったのですか」

惺の問いかけに、数秒ほど押し黙ったあと、イドリスは口を開いた。

「今日、大使との会食のあと、貴族の娘との縁談をもちかけられた」

「縁談……」

その言葉に、胸が軋んだ。

王子も十六歳。ラタキアでは結婚が許される年齢である。いつかそうした話がもちあがるのはわかっていたが、まだ学生なのでもっと先のことだと思っていた。

ぱちぱちと音を立てて燃える火が、イドリスの端麗な横顔を揺らしている。その横顔を凝視し、惺は小声で問いかけた。

「よいお相手とのお話でしたか？」

「ああ」

「おうけになるのですか？」

「さあ」

イドリスはぐいと惺の手首をひきよせ、傍らに座らせた。

透明な青白い月に照らされた静かな砂漠がふたりを包みこむなか、しばらくしてイドリスが問いかけてきた。

「惺……おまえは……それでいいのか」

一瞬、息を呑んだが、惺はすぐに静かに返した。

「いいもなにも、最初からあなたに定められたことだと思っていました。あなたには当然そのような話が起きると」

「本当にそれでいいのか」

「はい」

「おまえは、私を愛おしく思っていると信じていたが、そうではなかったのか？」

イドリスの言葉に、どう返事をしていいか困惑した。

愛しく思っているか？　そう聞かれたら、答えは、アイワ——はい、だ。それ以外の言葉は見つけられない。

さっき、アリーに犯されそうになったとき、惺は自分がどうしようもないほどイドリスを愛していることを改めて痛感した。

けれどそれを口にしてどうなるのか。そんなことを口にしたら、ふたりの一生分の友情もなくなってしまう。

「王子……すごいですね、このあたりは星が大きく見える」

違う話題にしたくて、惺は上空を見あげた。

うるさいほど瞬く満天の星。漆黒の空がやわらかくふたりの上空を覆っていて、優しく護ってくれているような気がした。

「少し寒い、もっとこっちによれ」

「王子……」

「いいから、もっとこっちへ」

肩をよせあったかと思うと、互いの手が触れた。

あたたかなイドリスの手。そうすることが自然な気がして手と手をつなぎ、指を絡めあってい
った。それだけで切なさに涙が出そうになり、惺は唇を嚙みしめた。

「惺、ここで、ふたりで永遠に暮らさないか。この自由な場所で……」

ふっと耳に触れる彼の吐息に、惺は身体をこわばらせた。

「王子……」

「私はおまえを憎からず想っている。だからこそ、夜伽の相手には選ばなかった。性的な欲望処
理の対象にするにはおまえが大切すぎたから……。これが愛なのか恋なのか、それとも友情なの
かはわからないが、少なくとも、今の私にとって世界で一番大切なのはおまえだ」

その言葉に胸を突かれ、惺は目をみはった。

どうしよう、涙があふれそうになる。ずっと欲しかった想い、同じ想いを彼が自分に抱いてく
れている。そのことに胸が熱く震えた。

「惺、私は誰とも婚約などしたくない。ここでおまえと自由に暮らしたい」

「無理です、どうかお立場をお考えください。あなたさまは……」

静かな声で、しかし強い意志をもってきっぱりと言いかけたとき、彼の腕に腰を抱き寄せられ

る。顔をあげるや否や、彼の唇が言葉の続きを呑みこんでいった。

「……ん……っ」

弾力のある唇に愛おしげに唇を啄まれ、肌がざわめく。

「夜伽の相手としてではなく、衝きあがる想いのまま、私はおまえが欲しい」

「王子……いけません……お立場を……」

「わかっている、悍、おまえは正しい。いつもそうだ。だけど、なにも言うな。この一夜は、ふたりだけの秘めごとを……」

「王子……」

「イドリスと呼べ」

「イドリス……さま」

「一夜だけだ……一夜だけ」

それはただ一度の、儚くも狂おしい秘めごとだった。

月と星だけの、すべてが枯渇した砂の大地。黒々とした闇を塗りかためたような夜の幕のなかでだけ、許された行為。

ふたりは朝まで求めあい続けた。王子との一夜の思い出。明け方の柔らかな金色の光を、このときほど憎く感じたことはなかった。

翌日、アリーに負傷させたこと、彼らをオアシスに置き去りにしたことは不問に付され、惺や王子が罪に問われることはなかった。

「王子、俺はもうあれで十分です。あなたとの一生分の思い出を頂きました。どうかこれからは互いに独立した男性として過ごしていきませんか」

「惺がそうしたいなら、私はそれでいい」

ふたりでとり決め、それ以降、寝室を分け、惺は王子の隣室で寝泊まりするようになった。

夜、王子の部屋に女性が訪れているような、そんな気配を感じることもあったが、王子の孤独を理解し、そばにいたいという気持ちを抑えて、少しでも彼の役にたつ人間になるのを目標にしようと己に言い聞かせ、惺はイドリスへの想いを封印していった。

それよりも政敵の多いイドリスを護れるように銃の腕を磨こうと、士官学校での訓練に全力でとりくみ続けた。

そうして十七歳になったときのことだった。

第一王子の夫人の妹で、ライラという女性が『妊娠したので、恋人の振りをして欲しい』と惺に泣きついてきたことがあった。

「お腹の子はイドリス王子なんです」

「イドリス王子の？」

「私、義兄《あに》の第一王子からずっと虐待されていて、それをイドリス王子に相談していたんです。慰められているうちに、一夜の過ちを……。ふたりの関係はそれだけで、互いに政敵同士なので、なかったことにしようとしたんですけど……そのとき、私のなかに彼の子が」

彼女の子の父親がイドリスだとわかると、第一王子との関係から政治的に問題が出て、イドリスが失脚する。

そのためにどうしていいかわからず、惺に相談してきたらしい。

「イドリス王子は責任感の強いお方。もしご自身の子供だとわかると、私のためになにもかも捨ててしまうかもしれない」

その言葉に心臓が停まりそうになった。

「でも、彼は第一王子の義妹の私とは結婚するわけにはいかない。政治的に第一王子の配下になってしまうと、武装部族が怒り、旧首長国がラタキアにクーデターを起こしてしまう可能性もあります」

確かに、彼女の言うとおりだ。イドリスは、少数民族たちの希望の星だ。

「どうか助けて。あなたが私と結婚すればいいわ。一緒に王子の子を育てて」

助けてと言われてもどうしていいかわからない。確かに惺が彼女と結婚し、イドリスの子を育てるのは可能だ。彼の子であれば、喜んで育てる。

だが、彼女は第一王子の義妹。そんな女性とイドリスの側近の自分とが結婚したら、政治的に問題が起きないわけがない。

返事にとまどっているうちにライラの父親が現れ、惺を裁判所に訴えてしまった。嫁入り前の娘に異教徒の男が手をつけた……として。

惺は逮捕され、牢獄につながれることになった。

公の場では彼女の腹のなかの子がイドリスだと言うことはできない。彼女が訴えるとおり、自分が父親だと認めることしかできなかった。

そしてそのことはイドリスの惺への信頼を失うことになった。

人払いをして牢獄を訪ねてきたイドリスは、ひどく立腹していた。

「ライラを孕ませたとは……本当なのか、本当にそうなのか」

「すみません」

イドリスに、それが彼の子と伝えるべきかどうか悩んだ。

もし自分の子供だとわかれば、イドリスはライラと結婚するだろう。それはイドリスの政治的な立場を悪くし、下手《へた》をすると武装部族のクーデターを招いてしまう。

問題は、それだけではない。

ライラは、裁判官の前で、子供の父親は惺だと言い張っている。もしイドリスの子を妊娠しながら、惺とも関係があったと誤解された場合、ライラはラタキアの法律では姦通《かんつう》の罪を犯したとして死刑になってしまう。

「すみません、ライラの子は俺の子供です」

惺はとっさにイドリスに嘘をついた。そうするしかないと思ったからだ。

「何てことだ、おまえは。これがどういうことを意味するのかわかっているのか！」

牢獄で仰向《あおむ》けに押し倒され、肩を押さえつけられた。

手を払おうとしたが、逃れようとすればするほど身につけたアラブ服の裾が乱れるばかりで、気がつけば白い腿が付け根まで晒されていた。

イドリスの鋭利な眼差しは完全に自分への怒りと憎しみをにじませていた。

「……イドリスさま」

このまま殺される。そう思ったが、首を絞められるかと思った手に頬を包まれ、代わりに唇をふさがれていた。

「——っ！」

顔の角度を変えながら唇を啄み、イドリスの舌が口腔《こうこう》の奥深くを乱暴に貪《むさぼ》っていく。

息苦しさに喘ぐ惺をよそに舌を絡めながらイドリスは惺のシャツの衿《えり》を割り、素肌に熱い指を滑りこませてきた。

「や……やめてくださ……！」

「どうしていやがる」

「こういうことは……あの一夜だけだと……」

「あの一夜？　あれは今とは違う。あのときはおまえに愛を捧げた。だが、これは罰だ。おまえの罪は私の罪と約束したのに、勝手なことをして。私はおまえに裏切られたんだ」

惺の顎を摑み、イドリスは舐めるように顔を見つめてきた。眼差しの奥に凍りつくような冷たい光がよぎり、惺は全身を震わせた。

怒っている。イドリスは完全に……。

それだけでひるんでしまった惺の両手首を広げ、イドリスは首筋に顔を埋めて、熱い舌先をそこに這わせてた。

「いやだ……っ……やめて……くださ……」

裾を割って入りこんだ手が膝をもちあげ、腰が高くあげられてしまう。

「お願いです……イドリスさま……っ」

「黙ってろ！」

イドリスは惺の口を片手で押さえた。

「……んっ……ん」

下肢の間に腰が押しつけられ、熱く猛《たけ》ったものが皮膚に触れる。次の瞬間、イドリスが一気に腰を突きあげてきた。

「あ……あぁっ！」

ぬぅっと体内に入りこんできた猛々しい性器に身が砕けそうになる。

「う……」

二度目の情交は、一度目の砂漠でのそれと違い、甘さや優しさの欠片《かけら》はみじんもなかった。

怒りをぶつけるような、憎しみを叩きつけるようなものだった。なにひとつ慣らされていなかった内壁を彼の肉塊が容赦なく引き裂いていく。

「どうした、異様な狭さだ……あのときと違って」

王子が激しく腰をぶつけている。

砂漠での一夜のときは、こちらが痛くならないようにと、この身を案じ、王子は優しく体内に挿《はい》ってきた。

だからこそ大きな痛みは感じず、むしろ彼の灼熱が体内で膨張していくにつれ、悍の肉襞《にくひだ》も甘く疼いた。

やわらかくときほぐれ、彼に吸着し、甘やかな一体感に狂ったように乱れてしまったのだ。

けれど今は違う。

戒めのための性交だった。

憤怒《ふんぬ》のまま、腰骨を摑んで穿《うが》たれ、悍は石の床で大きく身体を仰《の》け反らせた。

「……あぁ……あっ！」

激痛に悍の身体は痙攣し、息もできない。

「私に抱かれておきながら……女を孕ませるとは……」

イドリスがさらに悍の腿を高く抱え、荒々しく内奥を穿ってくる。

「あ……ぁっ！」

熱く脈打つものの勢いにまかせるかのように、彼の性器が激しく悍の内部を暴走していく。

「あ……あ………ぁぁっ」

容赦なく腰を打ちつけられるたび、抵抗する体力も気力も失われていった。

遠ざかっていく意識のむこうで、彼の昂《たかぶ》りが弾け、熱い液体が己の肉のなかに浸透していくのがわかった。

「惺……本当のことを言え。私はおまえがライラと寝たとは思えない」

情交のあと、衣服を整えながら、イドリスが尊大に尋ねてきた。

「いえ、俺が彼女の子の父親です」

惺の返事にイドリスが舌打ちする。

「ここで怒りのままおまえを犯したことは我ながら大人げなかったと思っている。だが、惺、悪いのはおまえだ。私にどうしてなにも相談しないいんだ、どうして私に助けを求めようとしない。本気でライラと結婚するのか」

「はい」

「ライラは第一王子の義妹だぞ。そうなれば、私のそばに控えることはできなくなる。それでもいいのか」

「彼女を妊娠させた以上、ラタキアの法にのっとり、俺は改宗した上で彼女と結婚するしかありません。彼女と結婚すれば、俺は牢獄から出してもらえます」

惺の言葉に、イドリスは哀しげな眼差しで惺を見つめた。

「惺、ライラになにを言われた。私にはわかる。おまえは彼女を孕ませたりしていない。なにか脅されているのだろう。私のことか、それとも家族のことか。正直に相談してくれ。私とおまえのこれまでの絆はこの程度のものなのか」

イドリスはわかっている。すべてわかっていて、惺を信じようとしている。

それがうれしかった。けれどこのときの自分には、正直に言うだけの余裕はなかった。

クーデターが起きるかもしれない、だから自分は濡れ衣《ぎぬ》を着るのだ、これは王子を護ることだと頑ななままでに思いこんでいた。

「すみません、イドリスさま、俺はライラと結婚します」

イドリスは忌々しそうに息を吐いた。

「わかった。もういい。おまえには失望した。これまで育《はぐく》んできた私とおまえの仲もうこれで終わりだ」

終わり――――。

切なさに胸が痛み、泣きたくなった。

だが、ここですべてを吐露したら、よけいにイドリスの立場が悪くなる。そう思い、必死に慟《どう》哭《こく》に耐えていた。

するとそのとき、ふときな臭いにおいがあたりに漂い始めた。

「イドリスさま……火薬のにおいがします」

罠《わな》にはめられた。

イドリスがここにくるのを待っていたかのように、罠が仕掛けられていたのだ。

そのことに気づいた次の瞬間、牢獄の壁をぶち砕くほどの激しい爆発音があたりに響いた。

「惺っ、逃げろ！」

崩れてくる天井、崩壊する壁。

とっさに牢獄から出たそのとき、前方で待ち受けていたかのようにマシンガンを携えた覆面の兵士たちがこちらに銃を放つ。

「イドリスさまっ！」

「惺っ！」

腹部に弾けるような痛みが走った刹那、後ろから現れた複数の男が半月刀でふたりに斬りかかってきた。二人は挟みうちにされていた。

右の腰を撃たれた惺をイドリスが反射的に庇った瞬間、その背を勢いよく半月刀の刃が襲う。

「う……っ」

真っ赤な血飛沫が飛び散り、イドリスが惺の胸にどさりと倒れこむのを見届け、「とどめだ」とマシンガンの男が銃をむけてきた。

「イドリスさまっ」

助けないと。血まみれになった彼を抱きしめ、必死に身を起こしたそのとき、一斉に天井が崩れ始めた。がらがらと崩れ落ちてくる建物。惺は懸命にイドリスの身体を抱きしめ、瓦礫から庇おうとした。そのとき、同じようにイドリスが惺を庇おうと背を抱きしめるのがわかった。

——いけません……そんなことをなさっては。あなたは王子なのに。

薄れいく意識のなかで彼を諫めていた。

それが八年前、イドリスとの最後の時間となった。

†

あれから八年が過ぎた。

あの事件は、第一王子の陰謀だった。

イドリスを暗殺するための。

牢獄が半壊したとき、国王の軍隊がたまたま近くを通りかかったため、第一王子のしむけた刺客は最終的にイドリスと惺にとどめをさすことができなかった。

おかげでふたりは九死に一生を得た。

けれど惺を庇って背を斬られたためイドリスは瀕死の重傷を負い、惺は、彼を護れなかったことと彼を傷つける結果を招いたこと、そしてライラを姦通の罪に陥れたとして処刑されることになった。

だが、その後、ライラの妊娠も第一王子からしむけられた嘘だということがわかった。彼女を診断していた医師が、イドリス暗殺に荷担するため、嘘の診断書を書いたことを告白したからだ。

勿論、イドリスと一夜の過ちを犯した事実もなく、ライラは処女だった。

ライラは表面上は留学だが、事実上の国外追放という形がとられた。

そして、惺は父のこれまでの国家への貢献度、また入院中のイドリスが「私のために処刑される者があってはならない」と強く主張してくれたこともあって処刑は免れることになった。

それから八年が過ぎ、ふたりは再会することになった。

トルコの古都イスタンブールで――――。

4

八年前、中途半端なまま終わってしまった恋。

あのときは、よかれと思ってとった行動だった。

だが、今ならわかる。

あれほど激しく信頼しあっていたふたりの間に溝が入った原因は、第一王子の陰謀でもライラの嘘でも何でもない。

惺がイドリスに真実を伝え、相談しようとしなかったことだ。

イドリスのためにと思ってだまってライラの子の父親になろうとした行為。

それこそがイドリスの怒りと不審を買ってしまったのだ。

まだ若かったのもあるが、あのとき、惺は心のどこかで嫉妬《しっと》したのだ。イドリスの子を妊娠したというライラに。それがあのような災いを招いたかと思うと、未《いま》だに胸が痛くなる。

忘れることができなかった痛みと切なさと恋しさに満ちた初恋だった。

だが、再会した王子は、あのころの高潔な王子からは想像もつかない男になっていた。

どうしてこんなことになったのか。この八年の間になにがあったのか。

トルコにきて二週間、惺は、疑問を抱えたまま、毎日を過ごすことになった。

その間、惺はサミアというイドリスの婚約者の護衛を任されていた。

といっても、ほとんどサミアとイドリスとが一緒にいるので、惺は二人が親しくする姿を見守ることになったのだが。

そんななか、この八年間、イドリスがこれまでどんな目にあってきたのかを知った。ラタキア王国で第一王子とは政治的にぶつかっていたイドリスは、長い間、幽閉同然の生活を送っていたらしい。

「トルコはいい。自由だ」

抑圧された生活から解放された喜びを感じているのか、イスタンブールでのイドリスは一本線が切れたような、なにかがはじけてしまったような生活を送っている。

昼間、惺は大学に通うサミアの護衛についたあと、夜、イドリスのところに行くと、彼は必ずといっていいほど、イスタンブールにいるセレブリティたちのパーティに出席している。

そのパーティは、どれも辟易《へきえき》しそうなほどのいかがわしいものだった。

かつての彼ならば絶対に足を踏み入れないような、男も女も交じっての乱交状態のパーティである。

今日もそうだ。

大学帰りのサミアを彼女の屋敷まで送ったあと、いつものように王子の護衛につこうと邸宅に戻ると、ナディールから、パーティ会場に迎えに行って欲しいとたのまれた。

「今夜の行き先はこちらです。隣国のセリム王子の別邸です」

メモと地図を渡され、やれやれと息をつく。

そこは王子の邸宅から少し離れた場所にある、やはり宮殿のような屋敷だった。


「イドリスさまなら、あちらでございます。ただいま、セリム王子と大切なご用の途中ですので、隣室でお待ちくださいませ」

使用人に通された部屋の前まで行き、カーテンの仕切りをそっと手でよけてイドリスたちのいる部屋をのぞいた惺は、月光にぼんやりと照らされた室内で蠢いている青白い裸体に気づき、ぎゅっと唇を嚙みしめた。

「お願いだから、これ以上……は」

なやましい男の声。あれは王子の声ではない。

よく見ると、ベッドの上で複数の男女が絡みあっている。続き間になった奥の部屋にも誰かいるようだが、どんなふうになっているのか、惺のいる護衛の待機所からはよくわからない。

——イドリスさま……。彼もあのなかにいるのか？

「イドリス、どうしたうかない顔をして。あそこにおまえの護衛がいるせいか」

セリム王子がイドリスに声をかけている。ベッドではなく奥の部屋にいるらしい。

「べつに」

「あの男だと燃えるのか？」

「まさか。護衛の話はやめよう」

イドリスは奥の部屋との間の薄いカーテンをさっと閉じる。ぼんやりと透ける素材のむこうにイドリスの影が消える。

「ああ……あぁ、いい……ああ」

別の場所から誰かの悩ましい喘ぎ声。ベッドが軋んでいる。

「……そんなことはやめろ」

うっすらと奥から漏れてくるイドリスの艶やかな声に、胸が絞られそうに痛む。彼も奥の部屋であのベッドの男女のようなことをしているのだろうか。

「なにを言う、おまえこそ」

セリムにされているのか？　それともセリムにしているのか？

残酷な人だ。惺には婚約者のサミアの護衛をさせながら、自分は隣国の王子たちと淫らな性交をくりかえしている。

胸が焦げるような感覚と同時に、ふいに下肢が熱くなるのを感じた。

男にされるときの、身体の熱い疼き――それはイドリスに教えられたものだ。ただ一度の甘い夜、そして二度目のレイプ。それだけの経験しかないが。

火傷《やけど》をしたときのような痺れに下半身がじわじわと浸され、濡れた息が喉元からつきあがってくるあの感覚。

狭い肉のなか、激しく行き交うペニスが内臓にぶつかりそうなほど奥に入りこんでくると、身体が引き絞られるような痛みとともに、くぐもった甘い声が胸の奥からあふれてしまう。苦痛と快楽の生々しい関係に乱れずにはいられない瞬間……。

かつて自分を抱きしめた男が別の人間と淫らな時間を過ごしていること。それをそばで聞きながら、彼を護るためにここにいなければならない現実。それがどうしようもなく苦しい。

部屋の中には蒸れて淫靡《いんび》な匂いが充満し、五感を刺激する淫らな世界に、金縛りにあったように悍は身じろぎすることができない。

——完全に変わってしまわれた。

かつての彼はこのような場所で火遊びを楽しむ人ではなかった。もう自分が慕わしく感じていたあの方とは違うのだろうか。

複雑な思いに苛《さいな》まれながら、悍はそれでも誰か危険な人物が彼らの寝室に近づくことがないよう、そのいかがわしい夜が終わるまで、戸口で佇み続けた。


その後もイドリスはいかがわしい仲間たちと放蕩三昧《ほうとうざんまい》の毎日を過ごしていた。大学院で法律を学んでいるような様子はない。

連れている男女はいつも違う顔ぶれだ。金も湯水のように使っている。

頭がおかしくなられたとしか思えないような行動に、惺はいいかげんいらだちを感じ、あるとき、またパーティにむかおうとしているイドリスの腕を摑み、思わず注意をした。

「イドリスさま、いいかげんにしてください。サミアさまに申しわけなくないのですか」

「サミアは承知だ。そんなことを気にするような女ではない」

しらりとイドリスが言い返してくる。

「本当にお心を確かめられたのですか」

「寵姫の分際で、婚約者のことを心配するとは殊勝な男だ」

「寵姫というのは冗談とおっしゃったではありませんか。そんなふざけたことをおっしゃる時間があるのなら、どうか大学院にきちんと通ってください」

「大学院は通うところではない。学位を買うところだ」

「イドリスさま、あなたは少数民族も平和に暮らせるような、少しでも紛争の犠牲者がでない国家にしていくため、イスタンブールで法律を学んでいるのではないのですか」

するとイドリスは大笑いした。

「バカじゃないのか、おまえは。法律なんて変えたところで、国家がどうなるものでもない。遊べるのは若いうちだ。せっかく堅苦しい故国を離れたんだ、遊ばないでどうする」

へらへらと笑っているイドリスに、惺は激しい失望を感じた。

——わからない……なにがイドリスさまをああも愚かな性格に変えてしまったのか。

八年の間に一体なにがあったのだろうと思いながらも、その日も惺はイドリスに付き従い、彼やサミアたちがパーティを開いている場所の護衛にむかった。

その日はマルマラ海の見える場所——トプカプ宮殿近くの広々としたギュルハネ公園で、ガーデンパーティを開くことになっていた。

「惺、護衛がいると、女性たちが楽しめない。おまえたちはもう少しむこうで待機していろ。そう、その坂の下で」

護衛たちを遠ざけ、日陰になったところに絨毯《じゅうたん》を敷き、豪勢なトルコ料理を並べ、ウードの調べに乗りながら、イドリスを中心に美姫たちが食事をしているときだった。

突然、木の陰からダッと走ってきた青年が半月刀を手にイドリスに突進してきた。テロリスト、というよりは刺客だ。

「死ね、イドリス王子！」

「きゃーっ」

あたりにこだまする女性たちの叫び声。あわてて走り出す女性たち。色とりどりのアバヤ姿の女性が蜘蛛《くも》の子を散らしたように庭園を逃げまどう。そのため、護衛たちはターゲットに銃をむけることができない。

「サミア、危ないっ」

刺客からサミアを助けようとしたイドリスの腕を、鋭利な半月刀がかすめそうになった。

「うっ」

「イドリスさま」

次の瞬間、惺がつけている黒いクフィーアの裾が空気を孕んで宙を舞った。惺は男の手首をとり、一瞬でその手から半月刀を奪い、ねじ伏せていた。

あとからやってきた複数の護衛に、その男を徹底的に調べるように言ったあと、惺はイドリスに視線をむける。

「ご無事ですか、イドリスさま」

イドリスが手首に軽い傷を負っていた。

「イドリスさま、まさか、今の男の刀でお怪我を」

それならばすぐに医者を呼ばなければならない。イドリスを狙う刺客の刃物には、あらかじめ毒が塗られている場合も多い。

「いや、姫君たちが逃げるときに、彼女たちのアクセサリーで切っただけだ。安心しろ、その男の刀とは関係ない」

「それならいいですが」

「さすがだな、惺、おまえのおかげで助かった」

にこやかにほほえみ、イドリスは小首をかしげ、自身の手首の血を軽く舌先で舐めとる。一瞬、その官能的な仕草に目を奪われそうになった。

「どうした？」

目を細め、横目で見つめてくる。こちらの様子をたしかめるときの、その蠱惑《こわく》的な眼差しは、かつてのイドリスにはなかったものだ。

「こんなふうに放蕩三昧をくり返されているから、命を狙われるんです。もっと身辺に気をつけてください」

惺は激しくイドリスを責めた。

「私に命令するというのか」

「命令ではありません。義務と立場をあなたに思い出していただいているのです。あなたは一国の王子で、王位継承者のひとりでもあるのですよ」

言わずにはいられない。この人は自分の身がどれほど危険なところにあり、どれほど大切にされなければいけないものなのか自覚していないらしい。それが惺にはどうにも腹立たしくて仕方なかった。

「おまえは……まったく変わっていないな、昔と」

「イドリスさま」

「おまえは昔のまま純粋でまっすぐで……綺麗だ」

ふっと目を眇め、イドリスは惺の頬に手を伸ばしてきた。

大きなあたたかな手。ふたりの手をつなぎあわせ、指と指を絡めあわせ、身体をつないだあのなつかしい砂漠の一夜が甦りそうになる。

そばにいるのがあたりまえで、一緒に笑っているのが当然のような毎日だった。

十三歳から十七歳までのあの時間が今も狂おしく惺の胸を締めつける。

けれど今はもう違う。今の自分は彼の命を狙った死刑囚の家族で、彼は惺とその家族の命運を握っている立場だ。

「あなたが昔のあなたでないように、俺も昔の俺ではありません。俺はもうあなたの友ではなく、あなたの護衛です。そして護衛としてあなたにお願いします。どうか政状がおちつくまで、こうした遊興はお控えください。お願いします」

深々と頭を下げてたのんだ惺に、イドリスはくすりと笑う。

「やはりおまえは変わっていない。昔から恐れることなく、この私を諫めることができるのはおまえだけだった」

「イドリスさま」

「いつも正しいのはおまえだ」

惺の手をとり、イドリスは淡くほほえむ。一瞬、昔に帰ったような気がして、胸の奥が甘く疼いた。ふたりで楽しい時間を過ごしていた、少年時代のなつかしい時間に。

「わかったよ、おまえの言うとおり、今後はこうした戸外での遊興は控えよう」

イドリスの言葉に、惺は安堵の息を吐いた。

「ありがとうございます」

よかった。少しはわかってくださったらしい。

しかしその夜、惺は己がすっかり安心したのが間違いだったとすぐに気づくことになる。

サミアたちや他の招待客をそれぞれの邸宅まで送ったあと、イドリスの屋敷に戻ると、ナディールが待ちかまえていたように惺に言った。

「イドリスさまのご命令です。セリムさまのお屋敷に迎えにいってください」

「は？」

「なにを硬直しているのですか。早くセリムさまのお屋敷へ」

「あ……あの、なにかのお間違えでは。王子は、今日、怪我をされたばかりです、それに遊興は控えるとお約束されましたが」

「戸外での遊興は控えるとのことでした。今夜はセリムさまのお屋敷ですから安全ですよ」

惺はぎゅっと拳を強く握りしめた。

「またいかがわしいことをなさっているのですか」

「今夜はもっと大きなパーティがあるようですので、惺、あなたも一応はフォーマルを身につけてうかがいなさい」

「どういったパーティなのですか？」

舌打ちし、惺は問いかけた。

「どういった？」

ナディールが美しい眉間に皺《しわ》をよせ、小首をかしげる。

「はい。この間は、ヨーロッパの王侯貴族たちのマスカレード、その前はアメリカの実業家たちとのカジノパーティでしたが、今夜は？」

惺の言葉に、ナディールはおかしそうに笑った。

「ああ、そういう意味ですか。今夜はセレブリティたちの千夜一夜のハーレムナイトが開かれているはずです」


――千夜一夜のハーレムナイトだと？

薄暗いパーティ会場へと案内され、惺は眉間に皺をよせながらあたりを見まわした。

イドリスはどこにいるのだろう。

ホールに入ると、噎せかえるような花の匂いに酔いそうになってしまう。

妖しげな紫色のライトが点滅するステージでは、胸と腰にだけ布をつけた豊満な女性数人が腰を揺らしながら、ベリーダンスを踊っている。

その傍らには楽団。

アラブ風の軽やかで華麗な旋律が演奏されている。

惺は案内されるまま、パーティの行われている広間へとむかった。

――本当にこんなところにイドリスさまがいらっしゃるのだろうか。

アラビアンナイトといえばいいのか、ペルシアンナイトといえばいいのか。

テーマパークもびっくりするような、アラビアの宮殿。象やラクダまでいる。

そこでアリババと盗賊のような格好をした男女の乱痴気騒ぎが開かれ、惺は激しい目眩を感じた。

仮面をつけている男女、いや、男同士も、女同士もがホールの真ん中で睦みあいながら踊っている。世間の常識やモラルはまるで関係ない空間らしい。

——伊東さんが見ていたいかがわしい洋物ビデオみたいな世界だ。

やれやれとため息をつき、周囲を見渡すと、紳士たちの吸う葉巻の灰色の煙がくすぶるあたりでは、円卓に豪奢《ごうしゃ》なアラビア料理やめずらしい菓子がならべられ、男女が小皿を手に談笑している。

なぜか古代エジプト風の衣裳《いしょう》を身につけたグラマラスな女性がその間を縫うように歩いて飲み物を運んでいく。

ボールルームのとなりの小さな空間では、暗さのためにすぐにはわからなかったが、物陰では濃厚なくちづけをしている男女、そのむこうのサロンではソファに座った男女がたがいの身体を熱く求めあっている。

いや、男女だけでなく、男同士、女同士のいかがわしいカップルもいる。

円柱の裏でも、アラブ服姿の大柄な紳士二人と一人の女性が淫靡な行為に耽《ふけ》っていた。

女性の薄紫のペルシア風衣裳は羽根のようにふわりと彼女の足もとまで落ち、目のやり場にこまるような形のいい胸にアラブ男がむしゃぶりついている。

数人に陵辱されているのではないかと心配になって近くまで行くと、女性のほうが男たちを誘惑していたのがわかって惺はすぐに踵を返した。

「……」

まいったな、何なんだ、ここは。

メランコリックで淫靡で、実に退廃的な空間だった。豪華なセレブたちの乱交パーティといった会場に呆然としていると、でっぷりとしたアラブ装束の男が肩に手をかけてきた。

「そこのきみ、ずいぶんいい身体をしているな。引きしまった見事な身体だ」

いきなり尻《しり》を触られ、投げ倒してやろうかと思ったが、とっさにあとずさりする。

「すみません、仕事中でして」

何なんだ、ここは。

惺は招待客をかきわけてパティオへと出た。惺は、手すりに手をつき、虚《うつ》ろな眼差しで中庭を見下ろした。

「どういうことになっているんだ、イドリスさまはどうされたのだ」

大学院にもまともに通わず、まるで一本線が抜けたようにバカなことばかりされている。

何とかしなければ、と思うが、昼間、危険な目にあい、あれだけ遊興は控えると約束したあと、こりずにこんなところに顔を出しているような王子相手に、今さら、自分はなにを言えばいいのか。

誰がどこにいて、一体、誰が何者なのかわからないような仮面パーティ。こんな場所に参加するなんて、まるでテロリストや刺客に狙ってくださいと言わんばかりではないか。

激しい失望と苛立《いらだ》ちを感じる。

——それでも……あの方を護るのが俺の役目だ。

とにかく仕事をまじめに遂行しよう。

己にそう言い聞かせ、あたりをさがしていると、ようやくイドリスの姿を発見することができた。彼は射撃ゲームの会場で、他の国の王侯貴族たちと銃の腕を競って遊んでいた。

「見つけました。イドリスさま、なにをやってるんですか、こんなところで」

「イドリス、この変わった東洋人は何者だ」

現れたのは、セリムだった。隣国の第五王子だ。

「私の護衛だ」

「護衛？　ああ、そういえばいつも扉の前にいる男だ。しかしそのわりに生意気だな。護衛は護衛らしく、口出しなどせず、傍らで壁のように立っているものだぞ」

クスクスとセリムが笑う。端正な風貌だが、アラブ人でありながら、アラブ服ではなく、欧米人のようにタキシードを着ているところが何となく遊び人風で好ましくない男だと思った。

「ああ、もしかすると、この東洋人、最近、富豪たちの間で話題になっているイドリス王子の綺麗で強い護衛じゃないのか」

惺の顔をまじまじと見たあと、セリムはふと思いついたように言った。

「そうだ、イドリス、どうだろう、この護衛を交えて、私の相手をしないか。三人でするのも楽しそうだ」

「バカなことを。護衛をセックスの仲間に入れてどうする。誰も我々の甘い時間を護ってくれなくなるぞ」

「いいじゃないか、こいつは銃をもったままで。この男に後ろから攻められるのも楽しそうだ。逆もよさそうだ」

「つまらん、そんなことに興味はない」

「じゃあ、この男だけ貸してくれないか。今日は東洋系と遊んでみたい気分なんだ」

「断る」

「いいじゃないか」

セリムはなれなれしくイドリスの肩に手をかける。イドリスはちらりと惺を見たあと、ふっと口元に冷笑を浮かべた。

「セリム、それなら、惺と賭《か》けをしてみろ」

イドリスが提案する。

「惺、おまえも賭けをしてみないか？」

「えっ」

突然の言葉の意味がわからず、惺は呆然とした顔で前髪の隙間からイドリスを見あげた。

燭台の淡い光をうけ、左右非対称の美しい双眸に惺の顔が映っている。

「私が商品だ。セリムが勝ったら私はセリムのものになる。おまえがセリムに勝ったら、惺、私はおまえのものになる」

「冗談はやめてください。俺はあなた方の遊びに興味はありませんので」

「とにかく賭けに挑戦しろ。その代わり、勝ったらひとつだけおまえの言うことを聞く」

その言葉に、惺はぴくりと眉を動かした。

——ひとつ言うことを聞く。本当だろうか？

惺はセリムとイドリスをそれぞれ一瞥したあと、腕を組み、真摯に問いかけた。

「王子、では、俺が勝ったらまじめに大学院に通ってくださいますか」

惺の問いかけに、イドリスは艶笑《えんしょう》を見せる。

「ああ、おまえが勝ったなら…」

「わかりました」

イドリスをこんなチャラチャラした王族たちと遊ばせたくない。彼はバカ王子ではない。そう信じている。大学院に行けば、きっと元の王子に戻られるはずだ。まじめに法律を勉強し、きっと国民のためによい政治家になられるはず。だから彼のために賭けに乗ろうと思った。

「——酒は？」

使用人からワイングラスをうけとり、セリムが惺に差しだしてくる。

「けっこうです。車で来ていますから」

「大丈夫。なにかのときには私の使用人を運転手としてお貸ししよう。それにもしあなたが勝負に勝ったときは今夜ここに泊まっていくわけだし」

濃厚なワインの匂い。しかし丁重に断り、惺は銃を摑んだ。

イドリスには、彼自身を商品にするなどやめて欲しい。

あのセリムという隣国の第五王子に、イドリスを自由にさせたくないという執念で惺は射撃場に佇んだ。


少しでも強くなりたい。イドリス王子のために、自分にできることをしたい。

そう思い、ずっと磨いてきた銃の腕。

銃の装塡《そうてん》をチェックしながら、惺はイヤープロテクターをつけた。

グラスをつけ、惺は標的にむけて銃を放った。

人を撃つことがあるのかどうかはわからないが、イドリスを護るためにも強くならなければならないという思いがいつでも胸の中に存在する。

銃をくるりとまわして、今まさにセリムが撃ちぬこうとしていた標的を横からあっさりと撃ちぬいてやった。

「そんなつまらない銃はやめ、四四口径のマグナムを使用するというのはどうだ。それともマグナムはその細い腕には荷が勝ちすぎるか」

惺の姿を見て、あきれたようにセリムが嗤う。すると横からイドリスが口を挟む。

「そいつは目隠しをして、二丁のマグナムを同時に撃てる男だぞ。しかも標的のど真ん中に見事に命中させることができる。いいのか」

「いいだろう、私も軍事大国の王子。こんな東洋人に負けるわけにはいかない」

セリムは本気になったらしい。そして、マグナムの実弾を装塡した銃を取り出した。

「……っ」

銃の腕を自負するだけあり、すばらしい技術だ。

——でも俺はこんな奴に負けない。

ずっしりと重い鋼鉄製の拳銃《けんじゅう》が手首にのしかかる。惺はぐっとグリップを握り直し、射撃訓練用の的にされている白い標的に照準をあわせて、銃を放った。

「……っ」

指から腕へと心地よい震動が伝わり、硝煙がたちこめる。

一発、二発と的に弾を撃ちこんでいく。

ふだんなら銃を撃っても、気持ちが高揚することはない。だが、今は違う。どうしたことか、一発撃つごとに気分が高まり、身体の奥が熱くなっていく。

——イドリスさまのせいだ。

自衛隊にいたときもハワイにいたときも、自分は常に理性でもって己を律し、己の身体が意思に忠実な機械のように動くよう訓練していた。

そこに感情はなく、完璧な護衛として任務がまっとうできるように。

しかし今、イドリスを彼に弄ばれたくないという思いからか、自身の心に、意思の力でも御しがたい狂気めいた焔が芽生えているのを感じた。

それだけではなく、こんな乱痴気騒ぎの乱交パーティの現場に、これ以上、彼にいて欲しくないという気持ちもあった。

そう思えば思うほど、心の焔は激しさを増していく。

そうして互いに何度も標的を撃っていったあと、ゲームは惺の圧勝に終わった。

惺は微笑を見せた。

「俺の勝ちです。イドリス王子は、今夜、俺のものになります」

よかった。と胸を撫で下ろす。と同時に、彼を誰のものにもしたくないという気持ちに、自分が認識していた以上にとりつかれていることを自覚し、複雑な気持ちになった。

――どんなに彼を慕っていても、一国の王子を自分がどうにかできることなどないのに。

イドリスには彼自身がもともと備えていたような、明晰さを生かせるような境遇で、立派な王子として振る舞って欲しい。幽閉生活の反動から、こんなばかげた場所で、不特定多数の人間と性行為に及ぶような、そんな王子であって欲しくないのだ。

たとえそれが惺のエゴであったとしても。

イヤープロテクターをとり、惺は銃を係の者に返した。

「では失礼します。さあ、王子帰りますよ」

射撃場をあとにし、蠟燭だけが灯った薄暗い廊下に出たとき、ぐいっと後ろからイドリスに腕を摑まれる。

「待て」

「今日は気分が悪かったのか」

突然の王子の問いかけに、惺は眉をひそめた。

「いえ」

「おまえらしくない銃の撃ち方だった」

「でもすべて命中しました」

「だが、二回だけだが、数ミリほどのずれがあった。手首も無駄な動きが多かった」

イドリスの言葉に、惺は目を細めた。

自分もうっすらと気づいていたが、見て見ぬ振りをした些細《ささい》なミス。いや、ミスとも言えないほどのものだ。オリンピックの優勝争いにも差が出ないほどの。

しかし負けたくないという気持ちが勝り、銃を撃つときに少しばかり気負っていたのも事実だ。気持ちが高揚し、確かにふだんの冷静さは欠いていたかもしれない。

――あんなことに気づくなんて……この方はむしろ……以前とは比べものにならないほど……研ぎ澄まされ、鋭くなられた気がする。最前線の兵士の如く。

では、どうして愚かな振る舞いをされているのか。わざとらしいほど派手に遊び、内外の識者から『遊び人のバカ王子』『色ボケした絶倫王子』などという非難の目をむけられ、それをさらに煽《あお》るようなことばかり。

ちらりと見あげると、イドリスと視線が絡む。

「私はおまえの賞品だ。おまえは賭けに勝った。今夜、私を好きにしてくれ」

イドリスが低い声で言う。惺はごくりと息を呑んだ。

「明日からきちんと大学院に通ってくだされればそれでけっこうです」

失礼します、と去ろうとした身体を抱き留められる。

「お……王子……っ」

頬にキスが降りかかり、突然のことに惺は瞠目した。

「約束だ、私はおまえのものになる」

そのまま顎を掴まれ、唇をふさがれる。濃厚なキスと同時に、何か錠剤のようなものが喉に流し込まれた。

「……ん……っ」

唇を離し、王子が微笑する。

「おまえを帰れないようにした。約束どおり、今夜、私の一夜をおまえにやる」

左右非対称の甘く蠱惑的な眸が顔をのぞきこんでくる。

——今夜……。

「一夜は必要ありません。俺はあなたを好きにする気はございません。あなたにお仕えする者として領域を踏み越える気はございませんので」

できれば一線を超えたくなかった。

望まれれば、欲しいと言われれば、本当はいくらでも彼の寝床に行く。セリムたちと乱交されるくらいなら、自分がセックスの相手をしたい。

そう思う一方で、そんなことをしてしまったら、もう二度とイドリスから離れることができなくなるのではないか、三カ月後——正確には二カ月半後に、ハワイに戻ることができなくなりそうで怖いのだ。

「イドリスさま、帰りましょう」

惺はその腕に手を伸ばした。しかし逆に手首を強く摑まれる。

「駄目だ、今夜、私がおまえを自分のものにする」

イドリスはそう言うと、彼のために用意された最上階のＶＩＰルームにむかった。

そこはイスラムの邸宅というよりは、ヨーロッパ風の豪奢な造りになっていた。

窓から見えるのは、青白い月に照らされたボスポラス海峡。時折、聞こえてくる汽笛、それにうっすらと庭園から聞こえてくるイスラム風の音楽がなければ、ヨーロッパにいるのと勘違いしそうな空間になっている。

「ここがこの館での私の部屋だ」

天蓋から淡いベールがかかった寝台の前までくると、アラブ服をつけたままベッドに押し倒された。

大きくあらがったために、ベッドの脇に飾られた花瓶に手があたり、ぱっとバラの花が散らばり、あたりに色とりどりの花びらが飛び散っていく。

「お……王子!」

バラの褥《しとね》となった寝台に両肩から押さえつけられたかと思うと、イドリスが上からのぞきこんできた。

噎せるような甘いバラの香りがするなか、互いの視線が絡みあう。

惺は瞬きもせずイドリスを見あげた。淡いベールごしに窓から射す青白い月光が彼の端麗な眼《がん》窩《か》に深い翳りを刻み、なにか物言いたげに見つめてくる眼差しに、ふっとあの砂漠の一夜に戻ったような錯覚を覚える。

『わかっている、惺、おまえは正しい。いつもそうだ。だけど、なにも言うな。この一夜は、ふたりだけの秘めごとを……』

かつて彼が狂おしく囁いた言葉が脳裏に甦り、切なさがこみあげてくる。

あのとき、これ以上ないほど、ふたりは幸せだった。

それぞれの心と身体をつなぎあわせた一夜……。

でもうあれから八年も過ぎてしまった。

ここにいる王子はあのころの高潔で、凛とした誇り高い王子ではない。セレブ同士の愚かな放蕩に加わり、法律を学ぼうともせず、ただただ遊興に励んでいる。

そのことに行き場のない苛立ちを感じると同時に、本当はそうではないのではないか、この人は昔のままではないのかという淡い期待が複雑に絡みあう。

惺は指先に触れたバラの茎をぎゅっと握りしめた。

「どうした、あのころと同じように私を愛おしく想ってくれてはいないのか?」

膝を広げられ、ズボンをずらされる。

「や……やめて……ください……このような真似は」

硬い指が腿を大きく割り、腿の内側を中心にむかって這っていく。

「嘘をつけ。この間も少し私がここに触れただけで、大変なことになったではないか」

空気に晒された性器にイドリスの指が触れる。冷たい指が押しつぶすように付け根をぎゅっと握りしめ、惺は唇を噛んだ。

「ここに私以外の人間が触れていないのだと思うと、とても心地よい」

固く閉じた場所を指で押さえ、王子が感触を確かめながら開こうとする。濡れた液体を入口に垂らすと、イドリスは惺のそこを丹念に慣らし始める。

「ん……っ……これは」

「さっき飲んだ錠剤がそろそろ効き始めるころだ。こうしてここをほぐしているうちに、そのうちじわじわと感じてくると思うが、どうだ」

「バカな……ではさっきのは……」

惺はごくりと息を呑んだ。

「そう、トルコのスルタンたちが使ってきた媚薬《びやく》だ。数百年前から彼らは少年遊びを楽しんできたそうだ。かつてこの街を東ローマ帝国から自分のものにしたメフメト二世もまた美しい小姓を抱えていた。おまえは小姓というほどたおやかではないが、私はどちらかというと、おまえのようにしなやかな体軀をもつ成人した男性のほうが好みだ」

指がぐうっと内部に入りこんでいく。惺は身を震わせた。

「トルコのスルタン……なんて……あなたには、誇りはないのですか。あとからイスラム教徒になったトルコの民族よりも、あなたは正当なアラブ民族の王子。そんなあなたがトルコの媚薬を使うとは……」

「惺、おまえはあいかわらずだな。誇り高いアラブの勇者のようだ」

「あなたはどうして……そんなふうに。あなたこそ誇り高いアラブの王子であったのに」

「残念ながら私は純粋なアラブ人ではない。そのことで、常に国家のなかでこの身を危険に晒されてきた。おまえがいなくなったあと、ずっと自由もなく、幽閉生活を送ってきたのだ。その時間のなかで、私のなかから誇りは失われた」

嘲笑するように吐き捨て、惺の足を開くと、イドリスは惺の性器を舌先で弄びながら、指先で入り口付近をまさぐる。

「んふっ……っ」

己のペニスが彼の舌を圧迫するようにぬっぷりと膨張していくのがわかる。舌先で先端の窪みをつつかれ、それだけでジンと腰が痺れてしまう。

「はあっ……あっ……あぁっ、イド……さ……」

淫らな声が喉から漏れていく。自分の愛する人が己に快楽を送りこんでくると思うほうが、媚薬よりもずっと甘い陶酔を与える気がする。

下肢からの刺激をうけるたび、手のひらでバラの花を握りしめていた。

ぬちゃぬちゃと音を立てて性器を弄ばれる。間断なく衝きあがる痺れるような疼きに耐えかね、その花びらをすりあわせるように手のなかで揉んでしまう。

「ん……あぁ、あっ……っ」

快楽のあまり、顔を左右に振ると、バラの甘い匂いが揮発し、いっそう悍の意識を狂おしくかき立てる。

熱くそそりたった性器をぎゅっと強く摑まれ、彼の舌先が先端を刺激するたびに、電流が走ったようになり、悍は大きく身悶えた。

「ああっ、ああっ……あっ」

肌が火照《ほて》ってどうしようもない。

ぐぅっと力を入れて根本を握られたとたん、全身を搔き毟《むし》りたいような熱い波に襲われ、下肢が今にもはじけそうになってしまう。

「……くっ」

やがて彼の舌が奥の窄まりへと移動していく。どろりとした液体で濡らされ、中をかき混ぜられる。

「……はあっ……あっ」

媚薬のせいだろうか。

ふいに湧《わ》いてきた不思議な疼きと羞恥《しゅうち》が入り混じり、惺は身をよじらせた。

「さあ、惺」

王子が生暖かい液体で内部をかき混ぜると、入口から腿を伝って床へと流れていく。

「ん……んんっ！」

麻薬のようにそこが激しく疼いてくる。

トルコのスルタンの媚薬とは……さすがにただものではない。異様な快感が襞に染み込み、淫靡な痺れが全身を支配する。

「な……あ……はあ……あぁっ」

惺の声が徐々に甘さを増していくと、イドリスは小気味よさそうに笑った。

「私をおまえのなかに入れてやる。さあ、もっと身体を熱くして、私を喜ばせられるようにするんだ」

気が変になっていく。そこが熱く疼いてむずがゆい。膝をひらいていることが辛い。

「お願い……やめてくだ……あっ……は」

喉から漏れる甘い喘ぎ声。惺は羞恥を感じた。

しかし媚薬のしみこんだ身体はもう意思の力など及ばない。

「いや……お願いで……俺は……あなたの護衛で……こんな相手では……もう……ああっ」

内壁が火傷しそうな熱さにひくひくといやらしくひくついていく。

「おまえが私の相手をしてくれるなら、無駄な火遊びはしないと約束する。だから、これからはいいな」

「ですが、それでは……サミアさまは」

「サミアもイスラムの女性だ。私の性生活には口出ししない」

王子はそう言って、惺の肉の窄まりに指を差し入れた。

「……っ」

既に媚薬でほぐされていたそこが、痛みもなくするりと指を受け入れてしまう。

「狭いくせに、貪欲な孔《あな》だ」

「あ……あぁ」

二本の指が内部で妖しく蠢く。

「そろそろよさそうだな」

苦く笑うと、彼は自分の衣服を脱いだ。

「おまえから私を嵌めて喜ばせろ」

「……っ」

「もっとこっちだ」

ぐいと腰を引っぱられた。

「……っ」

惺は息を震わせながらイドリスの膝を跨ぎ、そこで眠っている凶器を己の下肢に触れさせた。

そのまま自分の内側に猛々しい性器を入れていく。

「ん……んぅっ」

下肢ではイドリスの指に袋を弄《いじ》られながら、その手のひらに茎の根を握られている。

惺の内腿はふるふると痙攣し、窪みの間からはイドリスから与えられる快楽に酔いしれるようにとろりと雫が滴っていた。

惺はゆっくりと自分の肉のはざまにイドリスの棹《さお》を嵌めていった。

「ぐ……ふ……」

こうして埋められると、さっき射撃場で感じた歪《いびつ》な感覚が胸から消えるような気がした。

イドリスを誰にも渡したくないという気持ち。一国の王子なのに、自分のものにしたいという気持ち。

媚薬のせいだろうか。自分の心をコントロールできない。

俺はどうかしてる。一体どうしてこんなことで。

惺は膝を震わせながらいつしか腰をくねらせていた。

「…どうした、もう達きたいのか？」

内部を圧迫するほど硬質で凶暴な肉塊が肉襞を圧迫するように膨張していく。媚薬を与えられ、惺は男の膝を跨いで快感を感じながら屹立《きつりつ》を体内に咥えこんでいる。

「あ……っ……もう」

せわしない息を吐き、自ら快感を求めて、彼の律動にあわせ、腰を動かしてしまう。

「惺……そう、それでいい」

呟きながら、イドリスが唇をふさいでくる。

「ん……っ」

唇を開いて舌を絡めながら、むかいあって抱きあってくちづけをしていく。

「ふ……ん……っ」

少しずつ体内でイドリスが成長していくのを粘膜への刺激で感じるようになっている。

「あ……っ」

八年ぶりの情交なのに、そこにいるのがイドリスだと思うと、惺の身体は喜びに疼き、彼を奥へと呑みこんでいく。

ゆるやかに熱が溶けていくように、自分のなかにイドリスが溶けこんでいく気がする。

「ん……ふ……う……っ」

顔の角度を変えては唇を重ね、互いの舌を吸いあう。触れあっている場所がとろとろに完熟した南国の果肉のように敏感に爛《ただ》れているのがわかった。

「イドリス……さ……」

「約束する。トルコにいる間はおまえ以外抱かない。おまえが私に犯されるためのおもちゃでいてくれるかぎり」

「本当……ですか」

「ああ、それで満足か？」

「え……ええ」

「その代わり、おまえは私のものでいるんだ」

深々と下から突きあげられ、惺は大きく身をよじらせた。

「……っ……あぁ……あぁっ！」

全身ががくがくと震えて身悶え、たまらなくなってイドリスの肩に手をかける。

「あぁ……いや……っ」

ゆったりと腰をまわしながらイドリスがはざまの奥を穿ってくる。とろとろに充血していた襞をこすりあげられ、惺は甘い嬌声をあげた。

「ん……ふ……っ……イド……リス……あ……あぁ……」

緩慢に抉《えぐ》られ、髪を乱して内側に滾《たぎ》る男の熱い凶器を己の粘膜が揉み立てていた。

「……あぁ……は……あ……っ」

異様なほどの快感に、どうにかなってしまいそうだった。

ずっと愛しくて仕方なかったイドリス。

彼に抱きしめられ、体内に彼を埋め込まれ、惺は悦楽を求めて貪欲に腰を動かしていた。

痙攣する身体をさらに深く貫かれたとき、イドリスの飛沫《ひまつ》が熱く飛び散るのを感じた。

「あぁ……っ……あぁっ」

彼が自分のなかにいる。

その充足感と誰にも渡したくないという虚《むな》しい独占欲。それに苛まれながら、惺はイドリスの背をかき抱いていた。

# 5

我を忘れたようにイドリスの腕のなかにいるうちに朝を迎えていた。今日は大学のない日だが、護衛としてサミアの買い物につきあうことになっている。

「サミアには連絡しておいた、今日の仕事は休みだ」

「申しわけござ……いませ……」

帰宅したあとイドリスの寝室に連れて行かれ、八年分の空白を埋め尽くすかのような激しさで際限なく身体をつないでしまった。

昨夜、呑みこんでしまった媚薬の効果は、翌日になってもぬけなかった。

異様なほど惺の身体を昂らせたままで苦しい。

幾度かのイドリスとの情交によって爛れた粘膜がいっそうの快楽を求めて、甘苦しい極みからヒートダウンしてくれないでいる。

どうやってセリムの屋敷からイドリスの邸宅に帰ってきたのかさえ、ほとんど覚えていなかった。ただ無我夢中で彼にしがみついていたことしか。

寝台に入ったとたん、衣服を脱ぎ、裸身になり、惺の身体を求めてくるイドリス。その手に触れられただけでカッと皮膚に火が走ったようになってたまらない。

「いけませ……もう……夜は終わって……」

触らないで欲しい。熱が煽られて辛い。

「安心しろ、惺。もう昔とは違う、一夜の夢ではないのだから」

一夜の夢……。そう八年前は、ふたりの情交は一夜の夢という約束だった。惺が牢獄にいたときに、イドリスは一度だけという禁を破ってしまったが。

「ここにいる間は、何度、おまえを抱いても……誰にも咎められない。だから」

やるせなさそうな双眸。神秘的な左右非対称の。

「イドリス……さま」

艶やかな褐色の彼の手首に、その眸と同じ色をした青いブレスレットが煌めいてる。銀の細工と絡みあうように、魔除け《ナザールボンジュ》の邪視といわれるラピスラズリがぶら下がっていた。

「それ……」

「護符だ。おまえがいない間、私を護ってきた」

くちづけされ、ブレスレットのついた腕で背を抱きしめられる。たったそれだけのことで肌が火照り、うっすらと皮膚が汗ばんでくる。

「ん……っん……っくぅ」

惺は眉根をよせ、苦痛の息を吐いた。

「苦しい……のか」

イドリスの吐息が唇に触れる。

自然と唇をすりよせ、そのまま深く唇を貪られるのかと思ったが、イドリスが目を眇める。

「いい男になった……昨夜は、おまえを抱くことしか頭になかったが、改めてこうして触れていると……おまえがあまりにも変化して……切なくなる」

「どうして……俺は……」

「十七歳のときから八年……互いに一番いい時間を、よくも離れて暮らせたものだ」

自嘲《じちょう》気味に呟かれたそのひと言に、胸が熱くなる。

自分が片時も忘れられなかったように、この方もまたふたりでいた時間を忘れないでいてくれたのだろうか。

「俺は……ずっと……こうしてまたあなたを護れるようになる日を夢見て……ました」

「本当に？」

目を眇め、わずかに小首をかしげたイドリスに顔をのぞきこまれる。

ふっと濃艶な色香がにじむその仕草に肌が震えた。

ここにいる彼は記憶に残る十代の青年ではない。彼の言うとおりだ。自分もまたこの方がここまで成長されるときに、そばにいられなかったことを切なく思う。

「ええ……だから信じてください……俺は……父を手引きしたりしてません。父の罪は赦《ゆる》されるものでは……ありませんが、俺は一度もあなたに悪意を抱いたことは……」

するとイドリスはおかしそうに鼻で嗤った。

「イドリスさま?」

眸を揺らすと、イドリスは惺の後頭部に手のひらをあて、包みこむようにひきよせてきた。

「かわいい男だ。まだそんなことを気にしているのか。私はおまえを疑ったことなど……一度もないぞ」

「えっ……では」

「おまえの父の罪はおまえの父の罪。おまえは……おまえだ。我が国の法では、親子は同罪とされるが、私のなかでは同罪ではない」

「イドリスさま……」

「私は……私の見たものしか信じない。今、ここにいるおまえに疑いをもったりはしない」

意志の強さがにじんだ言葉。

やはり愚かな振る舞いや遊興三昧をくり返されているのには……なにか意味がある。惺を空気と言って無視していたときのように、この人の真意はもっと深いところにあり、自分の目に見えていないだけではないか。ふとそんな思念が胸をよぎる。

「イドリスさま……あなたはもしや……」

ハムレットのように……と言いかけた惺の唇を彼の唇がふさぐ。

「もう……おしゃべりは終わりにしよう」

手首を摑まれ、彼の下肢に手を導かれる。ふっと指先に触れるイドリスの性器。すでに硬くそそり勃ったそれに、惺は息を震わせた。

「おまえのなかに……収めたい」

あまりにストレートに言われ、心臓が激しく鼓動を打つ。

「駄目か？」

「いえ」

「では、早く導け」

「は……はい」

両腕をイドリスの背にまわし、足を開いて跨がる。刹那、彼の腕が腰を抱いたかと思うと、一気に狭路をふさぐように下から串刺《くしざ》しにされた。

「あぁっ……あっ……あぁっ」

たまらずよじりかけた腰の動きをイドリスの腕が封じる。ぐぅぅっと粘膜を割って、そそりった灼熱が挿りこんでいく。

「おまえのなか……私を溶かしそうだ」

惺の肉壁はふるふると蠕動し、彼の性器に吸いつき、奥へと呑みこもうとしている。

イドリスのなめし革のような背に爪を立て、惺は身にあまるほどの異物が体内を行き交うことにあられもない声をあげた。

「あぁっ、あぁ！　……あぁっ！」

めりめりと肉を裂きそうな圧迫感と、そのまま体内を押し広げられていくような膨張感。ズンと下から突き貫かれ、爛れきった内壁に火花が散るような熱が走る。

「あっ…苦しい…もう……それ以上は……あぁっ」

イドリスは惺の腰を摑んだまま、激しく下から突きあげてくる。身体が大きく上下に揺れ、視界が霞《かすみ》がかったように眩んでいく。

「駄目だ……もう……止められない」

「あぁ、駄目です、もうっ、は……あぁっ」

身体がゆさゆさと揺れ、熱く爛れた粘膜を猛々しい肉塊にこすりあげられる感覚がたまらなく心地よい。

「ああ、あぁっ…王……子…、あぁ、あぁ」

快感の大きな焔が襲ってくる。

痛みを感じるのに、それすらも甘い。息苦しいのか、喘いでいるのか。今にもはじけそうな惺の性器からは、純度の高い蜜のような濃厚な雫がとろとろと滴り落ち、ふたりの皮膚をねっとりと濡らしていく。

「すごいな……おまえ……クールな顔をして……このときだけ……どうしてそんなに……異様なほど淫らになる」

口元を歪め、息苦しそうに言いながらイドリスが激しいストロークをくり返す。

「それは……」

あなたへの言葉にできない想いがあるせいです……と言いたい。けれど己の想いを言葉にしたら、もうこの恋情を止めることができない気がする。最初から決して実ることはない恋だとわかっていて好きになった。

彼が王子であるかぎり、この恋は許されない。こうして親しみを示され、身体を求められるだけでも、身にあまるほど幸せなことなのだから。

「理由なんて……いいから……もっと……してくださ……」

唇を重ね、言葉にできない想いを託す。彼の舌が唇を開き、口内に入ってくる。惺は目蓋を閉じ、彼の舌に自らの舌を絡ませていった。

「ふ……っ……っ……ん……っ……」

彼の性器をすっぽりと挿りこませた惺の粘膜は、くちづけが増すごとに淫らに収斂《しゅうれん》して絞るように彼を締めつけている。

「惺……きつい……おまえ……すごすぎ…る」

「すみませ……っ……自分でも……止められなくて」

「……媚薬の……せいか」

「わかりま……あ……っ……あぁ！」

そうかもしれない。けれど、そうではないかもしれない。

身体に残る媚薬に肌の熱が煽られているものの、それよりも愛しさのほうが自分の身体を熱くしてしまっている気がするから。

「あぁ……っ……あぁっ」

かなわない想い。八年、いや、十二年分の恋情。そんなもろもろのものが溶けあい、身体までとろとろにしていく。身体の奥に広がっていく快楽の波を止めることができない。愛しい人から与えられる奔流に呑みこまれるように、惺は感じるままに腰を揺らし続ける。

これは媚薬のせいではない。愛しくて仕方ないからだ。

己のなかでそんなふうに言い続けながら、惺は快楽のままにイドリスの背にきりきりと爪を立て続けた。

身体がのぼり詰めていく。体内で彼が今にもはじけそうになっている。

「あぁっ、あぁっ！　あぁっ」

どくどくと熱い雫が一気に体内で爆ぜる。

荒々しく粘膜にぶつかるような、彼の体液。それが自分に溶けていくのを感じながら、惺は意識を手放していった。

ぷつりという糸が切れるような音とともに彼の手首からブレスレットが落ちていくのが視界の端に見えるなか――。


それからどのくらい眠っていたのだろうか。

窓の外はすでに夕闇に包まれている。起きなければ……と思うのだが、昨夜から今日の昼頃まで、ずっとくり返してきた濃厚な情事のせいで動く気になれない。

「ん……っ」

それでも何とか身を起こす。今日は仕事は休んでいいと言われていたが、イドリスはどこに行ったのか。明日の予定はどうなっているのか。それを確かめなければならない。

重苦しい身体を引きずってベッドから降り、惺は椅子にかかっていたアラブ服を身につけて、廊下に出た。

「イドリスさまは？」

階段の下までくると、ちょうどそこにサミアが現れた。深紅のアバヤを身につけ、惺の衿を摑み、サミアは不躾なほどあからさまに質問してきたのだった。

「聞きたいのはこっちのほうよ。どうしてイドリスが大学院に通っているの？」

「え……っ」

「今夜は一緒にクルーズに行く予定だったから訪ねてきたのに」

「それは本当ですか」

「ええ、さっきナディールが言ってたわ。夕方からゼミの講習があるとかで、護衛五人を引き連れて、出席されたと」

イドリスが大学院に……。約束を守ってくれたのだ。

一瞬、惺はほっとした表情を浮かべた。惺から手を放し、サミアはちらりと横目で視線を投げかけてくる。

その意味深な眼差しに疑問を感じて目を細めると、彼女は腕を組み、口元にこの上なく含みのある笑みを見せた。

「惺、おまえ、イドリスと寝ているの？」

突然の質問に息が止まりそうなほど驚いたが、惺は表情を変えることなく静かに返した。

「そのようなご質問は控えていただけませんか」

冷めた惺の返事に、サミアはふっと鼻で嗤う。

「いいわ、結婚までイドリスを貸してあげる」

「サミアさま、どうかそのようなお言葉も控えてください」

「いいじゃない、ここには私とおまえ以外誰もいないわ」

「ですが、そのような発言は王子の婚約者として…」

「ふさわしくないと言いたいの？」

「はい」

瞬間、頬に弾けるような痛みが走った。サミアの手が怒りにまかせたかのように惺の頬を激しく打ったのだ。

「発言を慎むのはおまえのほうよ。私は王子の婚約者。おまえがお仕えする主人の、未来の后《きさき》。おまえが命令できる相手ではありません」

「命令ではありません。要望です」

きっぱりと返すと、もう一度、同じ場所を打たれた。

彼女の指輪で目尻《めじり》の皮膚が切れた気がしたが、惺は動じることなくじっと諫めるようにサミアを見つめた。しばらく視線を絡めたあと、サミアはやれやれとため息をつく。

「イドリスの言うとおりだわ。おまえだけが自分を怖《おそ》れず、諫めてくる、と」

「サミアさま」

「イドリスはおまえのそういうところを忠義だと感じているようだけど、私にはそうは思えない。おまえはイドリスを独占したいだけよ。自分だけが彼に発言できる、彼に正しい忠言を口にできると証明することで」

「めっそうもない。俺はあの方を独占することなど……」

「おまえはイドリスを愛している。イドリスだけを愛し、イドリスのことしか考えていない。だからこそ世界で一番安全だと思っておまえに護衛を頼んでいるの。例えばこうして私がおまえと一緒にいても、ふたりが過ちを犯す心配がないことはイドリスもわかっている。その一方、おまえは愛する男の婚約者になにかあってはいけないと身を挺《てい》して私のことを護ってくれて、私は安心しておまえに護衛をたのめる。ふたりにとってこれほど便利で、素敵な護衛はいないわ」

「サミアさま……俺はイドリスさまのことなど愛していません。ただ護衛として忠実に仕えているだけです」

たとえそれが真実でも言葉にしてしまうと、後戻りできない。ましてや彼の将来の結婚相手にそのようなことを口にできるわけがない。

「嘘をついても駄目。おまえはイドリスを愛している」

「愛していません」

「惺、主人のひとりである私の質問に嘘の答えを返したりしたら、ラタキアの法では罪に問われるということは承知よね？」

「はい」

「では、真実なのね？」

「はい」

「本当にイドリスを愛していないの？」

「はい。私は家族のために彼に仕えているだけです」

「本当に？」

「はい」

惺ははっきり言い切った。

次の瞬間、サミアはクスクスと笑い、奥の扉にむかって声をかけた。

「イドリス、残念ね、惺はあなたのことを愛していないみたいよ」

えっ……。その声に惺は愕然とした。

細密画が施された扉が開く。そのむこうはハマムになっていて、白いアラブ服に身を包んだイドリスが奥から現れた。惺の心臓は激しく脈打つ。

「どうして……イドリスさま……あなたが」

「ここで待っていたのよ、イドリスがハマムから出てくるのを。ちょうど着替えをしているから、五分ほど待ってくれと言われたところにあなたがきたから」

「では……大学院には……」

「大学院にはおまえが寝ている間に行ってきた。約束だからな。そして帰ってきて風呂に入っているところにサミアがきたんだ」

それでは今の会話をすべて聞かれたというのか。

惺は息を呑み、イドリスを見つめた。目を眇め、イドリスは腕を組んで視線を絡めてくる。美しい左右非対称の双眸は、一体、なにを考えているのか。しばらく惺を凝視したあと、イドリスは冷ややかな笑みを見せる。

「そうだ、この男は私を愛してなどいない。私もこの男を性的な相手として以外、見ていない。サミア、私が愛しているのはおまえだけだ。結婚まで、おまえの代用品としてこの男で遊んでいる。これで満足か？」

イドリスの言葉に惺は視線を落とした。

――愛しているのはおまえだけ……。

胸がかきむしられそうになる。

そうだ、彼が愛しているのはサミア。ラタキアに戻ったあとふたりは婚約をし、いずれ結婚する。ただ宗教上、彼は結婚まで彼女と性交できないため、惺で欲望を処理しているに過ぎない。

ふたりの会話を聞いているうちに、自分はどうしてこんなところにいるのか、自分は一体なにをしているのかわからなくなってきた。

いっそ窓から飛び降りられればどれほど楽だろう。この脇に携えた銃でこめかみを撃ち抜けば、一瞬で楽になる。

家族のことがなければ、そうしていたかもしれない。

必死に家族のことを思い、惺は唇を噛みしめて感情の渦に耐えた。

「じゃあ、イドリス、今夜はクルーズに行くのに惺を借りてもいい？」

「ああ。私は大学に行って疲れた。惺を護衛に、ひとりで楽しんでこい。惺、サミアの護衛をたのめるな」

イドリスの言葉に、惺は静かにうなずいた。

「はい」

「ありがとう、イドリス。惺を連れていると、みんなからうらやましがられるの。最高に美しい婚約者と、凛々しくかっこいい護衛。誰もが私をうらやんでいるわ」

「それは光栄だ」

「じゃあ、行ってくるわ」

サミアはイドリスの前に手を差し出した。その手を摑み、すっと甲に唇を近づけるイドリス。婚約者への敬意がこめられたその仕草を見ているのが辛く、惺は視線をそらした。ふたりの前で自分が自分でいること、理性を保つことはどれほど難しいことか。

「さあ、サミアさま、まいりましょう」

惺は無表情のまま、サミアに声をかけた。

「しっかり護衛しろよ、惺。将来の私の大切な后となる女性だ」

「はい」

悍は軽く会釈し、サミアに従いながら玄関にむかった。

残酷な人たちだ……と思った。

だが、これでよかったのかもしれない。これ以上、彼を好きになるなという己への戒めとして
イドリスはいずれサミアと結婚する。それは悍がイスタンブールにくる前からすでに決められていたことだ。

自分はただあと二カ月あまりの護衛期間、甘い夢など見ずに黙々とイドリスに仕えるのみ。

たとえ欲望を満たすためだけの相手であっても、不特定多数の人間と遊興に耽るイドリスを見るよりは、自分をその相手に選び、ここにいる間は自分以外は相手にしないと宣言してくれているだけでも光栄なことだ。

それに大学院に行くという約束を彼が守ってくれた。

他になにを望むことがあるだろう。これで十分ではないか。

そう思いながらも、クルーズに行ったサミアを邸宅に送り届けた帰り道、車を運転しながら、ずっと涙で視界が曇り続けるのを止めることはできなかった。


それからしばらく、イドリスは悍と寝床をともにすることもなく、いつになくまじめに大学院

に通うようになった。

「イスタンブールに雪が降るんじゃないかとひやひやしています」

夕飯のとき、からかうように言ったナディールに、イドリスは臆面もなく告げる。

「惺が言った。セックスの相手をする代わりに、大学院に行って法律を学んで欲しいと」

「それは大変よいことです」

セリムたちとの遊びにもそろそろ飽きてきたころだ。サミアの行動につきあうのも疲れるときがある。大学院はいい休憩場所になる」

「それに越したことはありません。で、明日は大学院はお休みですが、どうされますか？」

「明日は秘密だ。ナディール、うまくとりはからってくれ」

秘密……というのは何だろう。一体、どこに行かれるのだろう。

内心で首をかしげていると、翌日、イドリスは惺に子供じみた提案をしてきた。

「惺、壊れたブレスレットを買いに行きたい。街に連れて行ってくれないか」

イドリスはめずらしく庶民的なアラブ服に身を包み、地下の射撃訓練場で銃の点検をしていた惺のところを訪ねた。

「では、お車を」

「駄目だ、今日はふたりで変装して街に行く」

その唐突な言葉に、惺が硬直していると、イドリスは黒いチャドルを差し出した。

「おまえはこれを身につけろ」

それは女用の衣類だ。目をぱちくりさせる惺に、イドリスは小首をかたむけ、耳元に顔を近づけてきた。

「これなら誰も私とおまえだと気づかない。それにチャドルの下なら、銃や剣を隠すのも可能だ。今日はふたりでお忍びで出かけたい。グランドバザールに行き、トラムに乗り、ガラタ橋で鯖《さば》サンドを食べたい」

「いけません、そんな観光コース。人が多すぎて危険すぎます」

「だから変装するんだ」

「変装したところで、安全を確保したとは言えません」

すると惺の手を掴み、イドリスはすがるような目でたのみこんできた。

「惺、聞いてくれ。大学院内で、私は、どうも他の学生たちと感覚がずれている気がしてならないんだ。法律を学ぶためには、庶民の暮らしを知る必要がある。だからこそ誰も私が王子だと知らないところで、皆がどのように生活しているのか、肌で知りたいんだ」

その言葉はひどく理解できた。

確かに、この先、留学期間を終えてイドリスがラタキアに戻ったあと、彼には庶民の生活を知ることがあるかといえば、皆無に等しいだろう。国民の生活に触れる機会があったとしても、相手はイドリスがラタキアの第三王子だと知っていて接してくる。

「王子、バザールや観光コースを歩いたからといって、それで庶民の生活のすべてが理解できるとは思いませんが……」

「やはりそれくらいでは駄目か？」

残念そうに肩を落とす王子の姿に、惺は忌々しい面持ちで舌打ちしたくなった。

「ですが、一度くらい見ておかれるのは悪いことではないと思います」

「では……」

王子がぱっと笑みを見せる。やれやれと惺は肩で息を吐いた。

「本当に一度だけですよ」


トルコの古都――イスタンブール。

その日、それとわからぬよう、イドリスは庶民的なアラブ服を、惺は黒いアバヤとチャドルをまとって、二人で街の見学に出向いた。

「不思議だ。自分の足で歩いてみると、この街が思っていた以上にエネルギッシュで魅惑的な場所だというのがわかる」

イドリスは真剣な眼差しで道路を横切っていくバイクや自転車の群れ、トラム、それに物売りの姿を眺めている。

「惺、鯖サンドとバザールに早く行くぞ」

「イドリスさま、焦らなくても平気です。我々はカタールから新婚旅行にきた夫婦ということになっています。夫側がそのように子供じみた態度だとまわりから変だと思われてしまいます」

「では親子というのはどうだ。口うるさい母親と、無邪気な息子」

「いやです。同い年なのに。夫婦でけっこうですから、もう少しアラブ人夫婦の夫らしく毅然と振る舞ってください」

諌めるように言いながらも、イドリスを狙っている者がいないかチェックをしながら歩き、ふたりはトラムの乗り場にむかった。

「電車に乗るときは、こうやってジュトンを買うんです」

ポケットからトルコリラを出し、売店で小さなコインを買う。トルコではこのジュトンがなければ、トラムには乗れない。

「なるほど。金が必要なのか」

イドリスは無防備に財布を手にしている。トラムに乗ると、惺はサッとイドリスの手から財布をとりあげた。

「惺……」

「これは俺が預ります。どこからスリや強盗が現れるかわからないので。俺がもっていたほうが安全ですから」

「……まったく頼りになる男だ」

「あなたが頼りにならないだけです」

「言うな、おまえも」

そんなやりとりをしているうちに、トラムはグランドバザールの近くにあるベヤズット・カバルチャルシュ駅に到着した。目の前にモスクの見える広い通りを渡り、ごちゃごちゃと店が建ち並ぶ一角へとむかう。

そこはイスタンブールで一番大きなグランドバザールである。

迷路のように入り組んだ屋根付きの店が所狭しと軒を並べる空間に足を踏み入れると、ふっと中東独特の香辛料の匂いが強く鼻腔に触れた。

イスラム風のスカーフを巻いた女性たち、アラブ服姿の男性、トルコ帽を被ったトルコ人たちに加え、欧米やアジアからの観光客が行き交う空間。

ざわざわとした人々の喧噪《けんそう》が飽和した迷路のような場所になっている。

頭上を覆っている薄暗い屋根のせいで、自分たちがどこにいるのか、ここがバザールの一体どのあたりなのか、方向感覚を失ってしまいそうになる不思議な一帯だ。

電灯をきらきらと反射させた銀細工や真鍮鍋《しんちゅうなべ》をぎっしりと並べた店舗。その傍らでバックギャモンのゲームを楽しんでいるトルコの年輩の男性たち。

盆にのせたチャイを出前する若者のむこうには、オリーブを量り売りする老人。

歩いても歩いてもにぎやかな露店が続いていくバザール。観光客でごったがえす狂騒的なカオスのような通路を通りぬけていく途中、イドリスは面白そうな露天商を発見するたびに足を止め、並べられている商品を手にとろうとする。

「惺、ちょっと待ってくれ。これは何なんだ」

「その店は香水専門店ですよ」

「ああ、レモンの香りのするコロンヤがある。我が国ではコロンヤは貴族だけのものだが、トルコではふつうに並べられているのか。これはいくらだ？」

イドリスの質問に、店の夫人が電卓で値段を示す。

「わかった。ひとつ、買おう。悍、財布を」

「イドリスさま、待ってください。完璧にぼられてます！」

一ドルほどのコロンヤに法外な値段を提示されている。それなのに何の疑いもなくイドリスは金を払うつもりでいる。

「どういうことだ？　ぼるとは何のことだ？　そのような単語は初めて聞くぞ」

「えっと……あの……」

そうだ、ぼられるという行為を、イドリスが知るわけない。なにせ彼は自分で買い物をしたことがないのだから。

「とにかく行きましょう。コロンヤなんて、スーパーにいくらでも並んでいます。第一もち歩くのに不便です」

「じゃあ、あれはどうだ、携帯電話のストラップがある」

イドリスがアクセサリー専門店の前に立ち、値段を聞くと、やはり店番の少年は法外な値段を口にしてきた。

「イドリスさま、バザールは駄目です。あなたはいいカモにされるだけです」

「なぜ」

「これも一ドルするかしないかの商品です」

すると少年はその態度でわかったのか、あわてて値段を撤回してきた。

「値段を下げてくれた。いいのか？　彼に利益はあるのか？」

「大丈夫です。それでもあなたは相場の三倍で購入しています」

「まあいい。気に入ったものなら幾らでもいい」

イドリスは買ったばかりの携帯のストラップをポケットにしのばせた。惺はチャドルのなかで腕を組み、あきれたようにため息をついた。

「イドリスさま、いけません、バザールで値段の交渉もせず買い物をするなんて、あなたは最低です」

「どうして交渉する必要がある」

「バザールでは、どの店も高値を表示してくるんです。あとで下げるつもりでわざとそうしているので、表示金額で買ってはいけないんです。相手をどんどん妥協させ、それなりの金額まで交渉しないといけません。石油会社の仕事の入札とはわけが違うんですよ」

「それは不思議な現象だ」

全く理解できていないイドリスに、惺は肩を落とした。

「もうやめましょう。値下げの技術など、あなたには必要ないことですから」

「駄目だ。やってみせる。技術は訓練あってこその賜《たまもの》だ」

「やらなくてもいいです。負けず嫌いな性格は存じあげておりますが、訓練の必要など…」

「いや、私にも訓練させろ」

イドリスはケバブを売っているバザールにむかおうとした。

とっさに惺は彼に手を伸ばした。

「いけません。毒味もなしに屋台の食べ物を口にしては」

「では、鯖サンドはどこで食べればいいんだ」

「鯖サンドは俺が毒味をして、大丈夫だと判断した店にお連れします。値切りの交渉に挑戦したいのなら、どうせなら、あちらで」

惺は広場のむこうの小さなバザールを指し示した。数軒の店舗が並んでいる空間。あの程度の小さなバザールなら容易に狙われることはないだろうと思ったからだ。

「よし」

イドリスはその店にむかった。そしてそのままバザールの老人たちと世間話でもするようにトルコ語で話をしている。

笑顔で値切り交渉するイドリスの横顔に、惺も小さく笑みを浮かべていた。

ふたりだけのお忍びの街歩き。かりそめの時間をこうしてふたりで過ごすことなど、生涯に一度あるかないか。

二カ月と少しすれば、イドリスは故国に戻り、サミアといずれ結婚する。

惺は家族を連れてハワイに戻る。これは一生に一度だけの時間かもしれないと思うと、胸が熱くなってきた。イドリスが王子ではなく、ただの男でいられる時間など、きっとこの先、一度もないはずだ。

この時間を大切に思わなければ。そんなふうに感じながら、ふたりで街を歩いていく。

アヤソフィヤ寺院やトプカプ宮殿、ブルーモスクに行ったあと、ガラタ橋に行って、海の見えるカフェに入る。

「あの騒ぎは？」

イドリスが指差す方向に視線をむけると、真昼のように赤々とライトが照らされたにぎやかな広場が見えた。行商人たちが集まって、マラケシュの芸術広場のような雰囲気に感じられた。

「おもしろそうだ。見物してみよう」

ふたりで通路を進み、広場へとむかう。

そこでは、いろんな芸人たちが芸を披露し、人々が大勢集まっていた。

音楽にあわせて巧みに動く蛇を使っている蛇遣い。火の輪をまわしている芸人。焼けた炭を呑みこみ、金をもらう者。火吹き男、軽業師、踊り子、楽士、語り部《べ》……。

広場のそこかしこで大道芸人たちがパフォーマンスを披露し、そこここに大勢の人だかりができている。

めまぐるしく広場でくりひろげられるパフォーマンス。まわりには深紅の林檎《りんご》や派手な色のトルコアイス、ケバブや鯖サンドを売る夜店が並んでいる。

そのうちの一軒、ゲームや占いをやっている店の中年男性に声をかけられる。

「あんたたち、仲がよさそうだけど夫婦か？」

ちらりと横目で見た惺に、イドリスが微笑する。

「ええ、愛する妻と旅行にきています」

愛する……という言葉の響きに気恥ずかしさを感じ、イドリスの袖をひっぱって親指でゲーム会場を指す。

「あの……あれ……やってみてください。めずらしいですよ、ダーツ、得意でしたよね」

「私が……か？　確かにダーツは得意だが、めずらしくも何ともない遊びだ」

「でも、ここでは、ダーツの的に当てると、景品がもらえるんです」

「景品？　金ではなく？」

「ええ、あそこに並べられているものから選ぶんです。でも的に当てられないと、なにももらえなくてゲーム代だけがとられてしまうんです」

その言葉に、イドリスはふっと冷笑を見せた。

「おもしろい。景品を勝ちとってみせよう」

イドリスは手を出した。彼の代わりに金を払うと、中年男性は、イドリスにダーツを三本手渡した。

「三本も必要ない。一本で当ててみせる」

イドリスはすっとダーツを摑み、そのまま無造作に的にむかって投げた。ルールをまったく知らない彼は、射的場の立ち位置よりもかなり距離のあるところから投げてしまったが、彼が狙ったとおり、的のど真ん中にそれは命中した。

「すごい腕前だ、おまえさん、今ので一番上の商品からひとつ選べるぞ」

中年男性はイドリスの肩をポンと叩き、店舗の一番上の棚を指さした。見ればそこには、自転車や本物のオウム、時計、宝石など、多種多様なものが並べられていた。

イドリスからすればまったくのガラクタでしかないような代物ばかりだったが、一般的なゲームの景品としてはまずまずのものに感じられる。

「あれにしてくれ。あれは本物だ」

イドリスはそのなかの一番小さな青いブレスレットを指さした。

「お客さん、目が高いね。確かに本物のラピスラズリだ」

中年男性は青いブレスレットをとり、イドリスに渡した。イドリスはそこに吊りさげられた青い石を確かめたあと、惺の手首をとった。

「これをおまえに」

「え」

「安物だが、細工が美しい。一応、石も本物だ。おまえの手にあうだろう」

「……イドリスさま」

「ここについているナザールボンジュ、私と同じ色の目だ」

「これはイドリスさまが。今日はイドリスさまの護符のブレスレットをさがしにきたのでは」

「私の護衛はおまえだ。おまえが私を護る。そしてこのブレスレットがおまえを護る。それでいいのではないか」

イドリスは、惺の手首を摑み、青いブレスレットをつけた。

魔除けの邪視――ナザールボンジュの眸で飾られたブレスレット。イドリスはその手をとり、うやうやしく甲にくちづけしてきた。この間、サミアにしていたように。

「惺……」

自分を見るミステリアスな双眸。

雑踏のなか、彼のいる場所だけが浮いて見え、そのままずーっと吸いこまれそうな錯覚をおぼえ、惺はかぶりを振った。

いけない、好きになっては。これ以上、この人に惹かれないようにしなければ。

自分に言い聞かせたとき、ふと遠くに見えるビルに気づき、惺はイドリスの腕を摑んだ。

「イドリスさま、見えますか、あれがラタキア大使館の入っているビルですよ」

高台でライトアップされているスレイマン・モスク。その近くにひときわ近代的なホワイトシルバーのビルが建っているのが鮮やかに見えた。

「あれが？」

「はい」

「何度か行ったことはあるが、遠景では初めて見る。なかなかいい建物だ」

イドリスは腕を組み、しみじみとその建物を眺めたあと、今度はぐるりと広場を見回した。

エネルギッシュな大道芸人たちのパフォーマンス。疲れを知らないような、にぎやかな物売りたちの声がひっきりなしに聞こえてくる。

欧米や日本、ラタキアとも違う風景。

広場とは反対側の空間を見れば、石造りの煤《すす》けた壁の建物が続いている。路地で生ゴミを漁《あさ》っている瘦《や》せこけた野良犬の姿が痛々しい。

「こうしていると実に不思議だ」

ふとイドリスが呟く。

「不思議？　なにが……」

「私の知らないことばかりだ。私はこれまでなにを見て生きてきたのか。同じ人間なのに、こうしていると、私という人間も私という人間の身分もずいぶん世間から隔絶したものだと痛感する」

「それこそが……あなたさまの宗教でいえば、アッラーの思し召し、何事も神の決めたこと……というものではないのですか」

「確かに……」

目を眇め、イドリスは小さくうなずいた。

「そうだ、だからこそ、私には……王子としてやりとげないといけないことがある」

これまで一度も見たことがないような、思い詰めたような真摯な顔の王子がいた。

「どうした、うつむいたりして……」

「あなたがあなたのままでよかった」

「私のまま？」

「……ひとりごとです。気にしないでください」

「気にするなと言われると、気になるではないか」

惺の肩に手を伸ばしかけたが、イドリスはふと上空をふりあおいだ。

細い雨が降りだし、いっせいにスコールのように身体に叩きつけてくる雨へと変化する。

激しい雨からのがれようと屋根を求めて走りさまよう人々で幻想的な広場は騒然とした。

そういえば、さっき、ボスポラス海峡のほうで雷が光っていたような気がする。

「イドリスさま、我々も雨宿りを」

突然の雨に呆然と驚いているイドリスの腕を引っぱって路地を走り抜け、雨に濡れて大勢の人々が狂騒したようにごったがえす街の奥に入りこんでいく。

雨のせいでスークでの買い物を楽しんでいた観光客たちは柱の陰で立ち往生している。

雨がしのげるところはないかと、めまぐるしく変化する旧市街の路地から路地を駆けぬけていった。

神秘的な都市――イスタンブール。

迷路のような通路をぬけ、薄暗い路地の奥へと突き進んでいく。ミニバイクや自転車がごちゃごちゃと並べられた空間を抜けると、雨から逃れようと、シートを被せた露店がずらりと並んだ商店街にぬける。

香辛料や果物が雑多に転がっている路地を通り抜け、入り組んだ路地のなかにぽつんと小さな泉のある人気のない広場に到着した。

イスタンブールの一般庶民たちが暮らしている下町の一角だ。

「とりあえず、ここで雨をしのぎましょう」

誰も使っていない黒とブルーの幾何学模様のタイルで飾られた廃屋。ふたりでそこに入っていった。雨はいっそう激しくなり、前の道は、あっというまに滝が流れているような勢いで水が流れている。

激しい雨の音。それに時々、鳴り響く雷鳴。そんななか、人気のない廃屋にいると、ふたりだけで絶海の孤島にでもいるような気がしてくる。

そう、その昔、ふたりだけで一夜を過ごしたあの砂漠の夜に戻ったような。

「惺……今日はとても楽しかったよ」

イドリスはふいに惺を抱きしめてきた。

頭を覆っていた布をとられた瞬間、チャドルの下に彼の手が入ってくる。心臓がどくりと高鳴った。

「こい」

壁に押しつけられたまま、じかにイドリスの手が肌に触れてくる。突然のことに身体をこわばらせた次の瞬間、唇が押し当てられてきた。

「……っ」

ふっと香油の香りが鼻先をかすめた。ミルラの匂いだろうか。それとも乳香か。

アラブ特有の、日本やハワイにはない匂いに官能を刺激される。それこそが彼の匂い。ずっと記憶のなかに眠っていた慕わしい香り。

ふいに息苦しく胸が締めつけられるような気がして、惺は彼の肩に手を伸ばしていた。

「んっ……んっ」

どうしようもないほどこの方が好きだ。このひとが好きで好きで……恋しくて狂おしくてどうにかなってしまいそうだ。

「……っ」

口腔の深い部分に彼の舌が挿りこんでくる。

「ん……っんっ……んん」

どちらのものともわからないほどもつれあった舌。その蒸れた湿度が粘膜を刺激して胸の奥が甘く疼く。

「あっ……ふっ、んっ……ん……っ」

唇の端から細長い唾液《だえき》が滴り落ちて首筋を濡らす。気が遠くなるほど濃厚なくちづけをかわしているうちに、チャドルの下で彼の指が皮膚を甘苦しくまさぐってきていた。

「いけません……こんな場所でっ」

雨の音が少しずつ弱まり、そのむこうに明かりが見える。

「欲しい、今すぐ、おまえが」

くいと下から入りこんできた手に惺は息を詰めた。

「走ったせいか？　私の手におまえの汗が吸いついてくる」

チャドルを肩口までひき剝かれ、汗をにじませていた皮膚を狂おしげに愛撫され始める。

首筋、乳暈《にゅううん》、乳首、胸骨…と感じやすい場所を彼の唇に獰猛《どうもう》に啄まれていく。

あたりの喧噪と雨の音、スークの騒ぎが飽和し、明かりが揺らめいている。

やがて猛々しい塊が濡れた窄まりに触れた。

「イドリ……ス…さ……！」

「……っきつい」

腰を押さえつけられ、ぐっと肘に抱えられた膝を引きつけられる。チャドルがはらりとはだけ、その下で腰が密着していた。

「あぁ……あぁっ」

容赦のない荒々しさで挿りこんでくるイドリスの牡《おす》の圧迫感。悍はたまらず身体を迎け反らせる。

「……っ」

ズンっと内臓ごと押しあげられ、ずるずると襞がまくれあげられる。

「あぁ……ん……っん、んん……あぁっ」

乱れた息を吸いこまれ、深い部分を抉られ、のぼっていくのか落ちていくのかわからないまま、ゆさゆさと自分が揺れている。

唇も、身体も、そして魂までも彼に熔けていくような気がしていた。

熱のこもった汗の匂い。荒い息遣い。

いつしか雨がやみ、そのむこうで、ぽつりと灯ったスークの明かりが眩みそうになる視界のなか、奇妙なほど耀いて見えた。

## 6

その翌日から、イドリスは再びまじめに大学院に通い、無事に一週間が過ぎていった。

次の休みの日、サミアの買い物に護衛として付き従ったあと、邸宅に戻ると、イドリスの姿はなかった。螺旋《らせん》階段の下にナディールの姿を発見し、声をかける。

「ナディール先生、イドリス王子は」

立ち止まり、ナディールが顔をあげる。

「王子でしたら、大学院に行かれていますよ」

「大学院に？　今日は休みなのに」

「来月、パリでの学会に出席されることになり、そのための論文を仕上げに行かれました。今日から一週間は戻られません」

「あの……護衛は大丈夫ですか」

「六人ほどつけていますので安心しなさい。大学院側には軍隊が詰めています。あなたは個人的な護衛ですので。その間、サミアさまの警護を頼むとのことです」

「わかりました」

「それより、ちょうど今、ラタキアから動画が入ったところです。ご覧なさい」

ナディールは人気のない書斎に入ると、携帯電話を胸からとりだし、惺に手渡した。そこに映し出された画像を見て、惺の鼓動は緩慢に脈打つ。

——これは……。

ラタキア王国で行われている処刑の様子だった。

頭に布を被され、老若男女かまわず、広場で後ろからライフルで撃たれて亡くなっていく公開処刑の姿が映されていた。

「ラタキアでは、我々が耳にしている情報よりも大量に、しかも早く処刑が行われている気がします」

「今、政権をとられている第二王子は、イドリスさま同様に平和主義ではなかったのですか」

「そのはずです。しかし実態は違う。この処刑映像、よく見れば、その多くが少数民族たちです。なかには中国系の労働者たちも交ざっている。今のところ、あなたのご家族の安全は確認がとれていますが……もしかするとそれも時間の問題かもしれません」

「王子は……この実態をご存じなのですか？」

ナディールがかぶりを振る。

「もしご存じならば、王子は真っ先にラタキアに戻られる。でも今はまだ戻れません。学会で論文を発表され、成功されれば、王子は正式に法学者としての学位を手に入れられます。その後、彼は法律を変えるために故国に戻られる予定です」

「学者としての地位がなければ法律は変えられないのですか？」

「そうではありませんが、より国民を納得させ、彼の存在を強固なものにするためには、国際的な支援が必要なのです。来月、彼はパリでの学会で、国際支援を要請する予定なので」

ナディールは深刻な顔で言った。

「ただ欧米諸国はラタキアを政情不安な文化的地位の低い国と見ています。彼らの偏見を払拭《ふっしょく》させるため、王子は学位をとり、学会で論文を発表し、欧米諸国に劣らぬ平和主義的な思想、国家運営の目的観、憲法改正案を提出する必要があるのです」

「それでは、王子はやはり遊蕩《ゆうとう》に耽っておられたのではなく……」

「第一王子たちの刺客の目をのがれるため、バカな王子の振りをしていらっしゃいましたが、パーティ会場では、様々な人々と知りあい、確実に人脈を増やし、そのなかにいた経済学専門のモナコの侯爵の推薦をうけ、王子はパリの学会に出席できるようになったのです。あのような振りをされてはいましたが、考えあってのことです」

「やはり……そういうことでしたか」

やはり彼が愚かではなかったこと、彼が国の未来を見据えて行動していたことに惺はほっと安堵の息を吐いた。しかし同時に乾いた風が胸を駆け抜けるような淋しさも感じた。

彼はそのことを惺にはひと言も伝えなかった。

手首にはめたままのブレスレットが妙に重く感じられる。あんなにそばにいて、あんなに熱く求めてきながらも、自分はあくまで部外者でしかなかったのだ。

「俺の両親は……もしかすると、三カ月以内に処刑されるようなことがあるんでしょうか」

「可能性がないとはいえません」

沈鬱《ちんうつ》なナディールの面持ちに、可能性がないとはいえない……ではなく、かぎりなく、その可能性が高いことを悟った。

さっきの処刑動画のなかには、中国系の労働者たちも交じっていた。だとすれば、日本人だということが、処刑を遅らせる理由にはならない。

どうすればいいのか。ラタキアの法律は、家族の代わりに、家の跡取り息子である惺が自分を処刑して欲しいと言えば、家族を助けることができる。

家を継ぐ者が命を賭《と》してたのんでいるということに重きを置き、他の家族のうち犯罪者が何人いようとも、跡取り息子一名の処刑で済むのだ。

自分ひとりの命で、両親と弟が救えるのだとすれば……。

もとよりイドリスには必要と思われていない身だ。この間、サミアとイドリスの幸せそうな姿を見ているとき、ふっと発作的に窓から飛び降りたくなった衝動。あのとき、自分がいかにイドリスに囚われているか痛いほど実感した。

本当は彼に愛されたいと思っている。彼とサミアに結婚して欲しくないと思っている。サミアにイドリスが愛していると告げる姿に張り裂けそうなほど胸が痛んだ。

惺は息を吸い、ブレスレットのついた手首を握りしめた。

いい、この思い出だけで。自分は。それよりも家族をどうやって助けるか。

――第二王子にそれを嘆願するには、ラタキアに入国するしかない。

しかし惺は、国外追放になった身。よほど特別なことがないかぎり、ラタキアに入国することは不可能だ。

どうしたら……そう思っているとき、使用人が扉をノックする音が聞こえた。

「ナディールさま、サミアさまがいらしています。お通ししていいでしょうか」


「ナディール、明日から三日間、惺を連れ出してもいいかしら」

現れたサミアはひどく急いでいる様子だった。

「イドリスさまは何とおっしゃっていますか。彼は日中の警護をということで、何日間か連れ出すことには許可はされていないはずですが」

「彼は、自分が不在の間は、惺を護衛につけてもいいと言っていたわ」

「三日間、どこに行かれるのですか。トルコの内陸ですか？」

「ラタキアに戻るの。首都ウバールまで行くわ。実家で姉が出産することになって人手が必要だから、大学が休みの間、帰ってこいと連絡があって。行きの道中だけついてきてくれればいいの。家に帰れば、きちんとした警備がいるから」

「惺はラタキアを国外追放になった身です。あの国の土は踏めません」

「その件なら平気よ。私には父が発行した特別許可証があるから。父は外務大臣よ。父の発行した許可証があれば七十二時間以内にかぎり、国際指名手配されている人物以外、ラタキアに滞在しても問題はないの」

サミアはその外務大臣のサインと押印の入った書類をとりだした。それは惺にとって福音にも感じられた。

「サミアさま、これがあれば、俺はラタキアに入国できるんですか」

「ええ、ただし七十二時間以内に出国しなければ、あなたは逮捕されてしまうけど」

七十二時間。三日間あれば、サミアを実家に送り届けたあと、宮殿にむかって第二王子に嘆願することも可能だ。

「わかりました。お伴します」

本音を言えば、もう一度……イドリスに会いたかった。けれど会えば決意が揺らぐかもしれない。サミアが実家に帰るこの機会を利用しないことはない。

翌日、惺はサミアとともにラタキアへむかった。夜の間に、惺はハワイにいる伊東と連絡をとり、中東以外ではどのような形でラタキアの国の状態が伝えられているのか確かめた。

「ここまででいいわ。あなたは明日、王宮に行きなさい。第二王子に会えるよう、書類を用意したからこれをもっていくといいわ」

自宅まで送ると、サミアはその礼として、惺に王宮に入れる外務大臣からの紹介状を用意してくれた。

「ありがとうございます、このようなものまで用意して頂いて」

「このくらいたいしたことじゃないわ。ありがとう、政情不安なラタキアまでなかなかついてくれる護衛がいなくてすごく困っていたの。あなたも気をつけてトルコに戻ってね」

「お手数をおかけしました」

「ご家族のこと、なにか困ったことがあったら連絡して。うちの父にも少しは力があるから」

「そんな……めっそうもない」

「なにを言ってるの。困ったときは助けあうものよ。未来の王子の后になる身として、国家を平和にする義務が私にはある。だからトルコの大学で勉強しているんだから」

そのとき、サミアに申し訳ない気持ちになった。はっきりと物を言う成金の令嬢……という印象で、これまで悍はサミアのことをあまりよく思っていなかった。

しかし実際は、何事にも物怖《ものお》じしない、明晰な女性だったのかもしれない。イドリスが愛しているのも、そうした彼女のさっぱりとした気性に違いない。

そう思うと、彼女につまらない嫉妬をしていた己の心の狭さが恥ずかしくなる。イドリス王子とどうかお幸せに。

祈るような気持ちでサミアと別れると、悍は首都ウバールの下町にあるホテルに宿をとった。

外国人はなかなか宿泊できないが、サミアの紹介状のおかげで何とかなった。

八年ぶりのラタキア王国。外に出ると太陽が灼《や》けつくような夕陽となって悍の眸を貫く。

赤い外壁に包まれた王宮が残日を浴びて深紅の城のように見える。

そのまま安宿で惺は一夜を過ごした。


『惺……惺……』

『イドリスさま……！』

その夜、イドリスがふたりの王子に殺される夢を見た。ハッとして目覚めると、惺は全身にぐっしょりと汗をかいていた。

眩《まばゆ》い光が窓から差し込んでいる。

ハワイとも日本とも違う明るさだ。中東特有の明るさといえばいいのか、その明るさはトルコとも違い、かすかに空気が澱《よど》み、光が湿っている。

アラビア半島の都市でもラタキア王国は一番混沌とした街だと言われている。街には、原色を使った様々な色彩と同時に、あきらかに都市の年輪を感じさせるくすんだ色彩が共存していた。

整然とした西欧にはない澱みが、自分の肌にまといついてくるような気がした。

そして王宮近辺以外は、いまだに混沌とした昔ながらの中東の世界が広がっている国なのだと、改めて気づいた。

だからこそ血腥いクーデターが何度も起こり、骨肉のあらそいが絶えないのだ。

砂漠の奥地は今も各部族が勢力争いをし、政府の手が行き届かない。

イドリスの母親も、そうした誇り高い部族の娘だった。月のオアシスと呼ばれる地域に住み、かつては小さな首長国を設立し、乳香貿易で栄えた。

しかしラタキアに石油が見つかってからは、まわりの首長国は併合され、少数部族たちの勢力も軍部に抑えつけられるようになり、軍部とつながりの深い第一王子とイドリスはいつも対立関係にあった。

第一王子は部族から支持をうけているイドリスをうとましく思っているのだろう。

——でもだからこそ、イドリスが国王になると、父方と母方のそうした争いをうまく抑えることができるのではないかと思うのだが。

首都ウバールの街に出た惺は、数々の寺院や博物館などのある近代化が進んだ王の城壁といわれる市街地に足を進めた。王宮のある街の中心街は古くから城壁で取り囲まれ、一般の人々はその城壁をとりかこむような形で暮らしている。

城壁のなかは近代的な施設がドバイのような夢の街を造っているが、城壁の外はまったくその逆の古びた街並みの姿が残っている。

歩道はあるがまっすぐに歩けるようなスペースのない路地。穴ぼこだらけの道。露店商、人、乗用車にタクシー、バス、市電、ラクダや驢馬《らば》をつれた隊商や行商人。

——俺が住んでいたときよりもずいぶんと荒廃している。

歩いてみて、人々の様子を見て、何となく内情がわかった。

旧市街には浮浪者が横たわり、疫病がはやっているらしく、荒廃しきっている。

しかもあちこちで軍が横暴な振る舞いをしているようだ。

『私には、やりとげなければいけないことがある』

ふと思い詰めた表情で言ったイドリスの言葉を思い出しながら王宮にむかって歩いていると、ふいにどこからともなく殺気を感じた。

——何だ……この気配は。

あたりを見まわしたそのとき。

「あの男を捕まえろ、例の日本人だ！」

低い声があたりにこだました。路地の隙間から銃弾が飛んでくる。

「……っ！」

惺は腰にさしていたジャンビーアを素早く抜いた。今まさに胸に当たろうとしていた銃弾を反射的に振り払う。

「第二王子から命令されている。あの日本人を捕まえろと！」

「旧市街のホテルに泊まっているとのことだったが、こんなところにいたのか」

どうしてホテルのことまで兵士たちが知っているのか。

惺は路地の奥へと逃げた。

「あの男を捕まえるんだ」

石の壁に高らかと反響する獣の咆哮《ほうこう》のような警鐘音。

「撃て————！」

激しい銃声。路地を抜け、広場に出た刹那、突然、腕に激しい火が奔った。

「うぅっ！」

銃弾が腕をかすめたらしい。

ぽとぽとと音を立てて地面に滴る血の雫。視界が揺らぎ、すーっと意識が暗闇のなかに連れ去られそうな気配に襲われる。

逃げなければと思うのだが、見動きがとれない。

「くそっ」

そうしているうちに広場のまわりに兵が集まり、一斉に銃をむけられる。

——まさかサミアがホテルの場所を教えたのか。

「……！」

もう駄目かもしれないと思ったとき、背後にいる人影に気づいた。

広場に現れた車のなかから第一王子が現れる。

第一王子の背後には第二王子。さらにはずらりと彼らの親族が立ちならび、一様に凍ったような目で惺を見ていた。

「惺、日本人は本当に平和ボケしているようね。あなたがだまされやすくて助かったわ」

聞こえてきた女性の声に、惺は硬直した。

豊かな黒髪をたらし、赤く上品なアバヤを身にまとったその女性は…。

——サミア……。

視線が合うと、サミアは指先に髪を絡めながら含み笑いを浮かべた。

「私のこと、疑いもしなかったわね」

「では、あなたはイドリスさまの婚約者でありながら彼を裏切っていたのですか？」

呆然と惺がサミアを見ると、彼女は蔑《さげす》むような眼差しで惺を見下ろした。

「同性でありながら、イドリスと関係をもった恥知らずな東洋人。あなたを捕まえたと脅せば、イドリスが国に戻ってくるわ」

その冷たく棘《とげ》のある声に惺の心臓が大きく脈打つ。

「イドリスさまを罠に」

「ええ。最初からそのつもりで近付いたのよ」

サミアの言葉に、惺は愕然とする。

「イドリスも薄々気付いていたと思うわ。だからバカ王子の振りをして私の目をごまかしていたのよ。あなたを私の護衛にしたのも、私なら狙われる心配がないとわかっていたから……」

「でも王子はあなたを愛していると……」

「嘘に決まってるじゃない」

サミアは吐き捨てるように言った。そんなサミアに第一王子が声をかける。

「さあ、サミア、ごたくはそこまでにして。この男をおとりにしてイドリスを呼び戻せば、これで、愁いの種はなくなる」

惺はそのまま父が捕らえられている塔の地下牢に閉じ込められた。そこに第二王子の兵士とサミアが現れ、イドリスがくることを伝えられた。

「イドリスはおまえのためにこの国に戻ってくるそうよ」

「サミアさま……」

「イドリスにおまえの死体を見せるほうが楽しいわ。さあ、イドリスがくる前にこの男を殺すのです」

サミアが兵士に命じる。

兵士は惺に銃口をむけた。そのときはじけるような音があたりに響き、目の前で兵士の手から銃が落ちた。

「――惺、伏せろっ！」

聞き覚えのある声がしたかと思うと、牢獄に催涙ガスがまかれる。

「う……っ」

サミアと兵士がその場に倒れ込んだとき、牢獄の扉が開く。

そこに誰かが佇んでいる影が見えた。

重い音を立てて、兵士が倒れた瞬間、そこに立つ一人の男と目が合った。

「大丈夫。サミアは気を失っているだけだ。いずれ国外追放にする」

「あなたは……っ」

現れたひとりの男。アラブ服ではなく、軍服を着たイドリスが佇んでいた。

†

「月のオアシスまで逃げよう。そこに行けば、私の味方がいる。彼らを伴って決起し、第二王子の圧政からラタキアをすくいたい」

逃げるのなら今がチャンスだ。王宮の地下道をイドリスとともに走りぬけた。

何とかふたりは首都の外にある砂漠地帯まで逃げることに成功した。

「この先、百キロほどのところにある私の母の部族のところまで行くと、軍の手が及ばない。私に忠誠を誓い、決起の準備をしている」

イドリスとともに追っ手を逃れ、ジープで砂漠へとむかう。しかし途中でガソリンが切れ、ふたりは車を乗り捨てた。

すさまじい風が全身を打ち、クフィーヤからはみ出した髪がバラバラとばらける。

長い布の裾が強風にあおられて荒々しくはためくのを感じながら、惺はイドリスとともに砂漠を進んだ。

「死んだような世界だな」

「はい」

すべてが枯渇したような大地。かつてふたりできたことがあるが、あのときよりも周囲の石油コンビナートが発達したせいか、オアシスの木が伐採され、不毛の砂漠がいっそう広がりを見せ、以前よりも荒廃した土地になっていた。

「もうあと少しで集落につくはずだ」

もう一度、惺があたりを見まわしたとき、さぁっと砂交じりの風がそれでもやわらかく凪《な》ぎ始めた。

さらさらと音を立てて砂を流れていく風。幾層にも重なった砂の上に美しい風紋が刻まれる大地に、イドリスと惺のふたりの長身の濃い影が細長く砂漠に延びていく。

「――――ありました、あそこに」

遠くの山脈の裾野に、人家の灯があった。

「イドリスさま、もう少しです」

ふっと頬に触れた風の冷たさに、惺は頭から被っていたクフィーヤをとった。

そのときだった。足首がずるりと砂の窪みに落ちる。

「……っ！」

しまった。この下は流砂だ。がくんと膝をついた途端、砂に身体がめり込んでいくような気がした。

ラタキアには地下水路が縦横無尽に走っているため、砂の窪みに落ちてしまうと蟻《あり》地獄のよう

った。

しかしそのままふたりの身体は急降下していく。落ちた先には、蟻地獄ではなく、深い井戸だ
急な勢いで落ちそうになった惺の手首をイドリスがとっさに掴んでいた。

「惺っ！」

にひきこまれ、砂の隙間から空洞まで一気に落ちていく。


その後、ふたりは通りかかった少数民族の遊牧民に助けられた。

首都を出るときにイドリスが連絡をとり、遊牧民の姿で迎えにくるようにと部族のメンバーにたのんでいたらしい。

助けられたあと、惺は熱を出して朦朧《もうろう》としていた。

テントのなかで意識が戻ったのは、数日後の夜のことだった。

――イドリスさま……彼はどこに……。

惺は半身を起こした。

寝台から降りようとしたが、身体に力が入らずそのまま床に崩れ落ちてしまう。

今何時なのか、今日がいつなのかさえ、惺にはわからない。

あまりにも長く眠りすぎたために全身がだるい。

もう一度、立ちあがって歩こうとするのだが、足の力が萎えているらしく、膝がしっかりと大

地を踏みしめてくれない。

そのとき、惺は垂れ幕のむこうからこちらを窺《うかが》う人影に気づき、息を殺した。

垂れ幕のむこうに複数の男性がいる。兵士か？

「そこにいるのは誰だ？　それとも……」

枕元の半月刀を手に、息を詰める。

「――よかった。もう具合がよくなったようだな」

垂れ幕があがり、青い月光を浴びた男の姿が暗闇に浮かびあがる。

黒い長身の影が絨毯のうえに刻まれていた。

そこにいたのは、黒いアラブ服に身を包んだイドリスだった。

「月のオアシスの民たちの正装だ。どうだ」

ああ、そうか。ここは彼の母親の部族なのか。

白装束の彼を見なれていたせいか、一瞬、そのあまりにストイックなまでの美しさに目を奪われてしまった。

首まである彼の黒く長いアラブ服が暗闇に溶け、背中からひろがるマントの裾だけが蠟燭の灯を反射してひるがえっている。

靴音と衣擦《きぬず》れの音が静かに響き、やがて松明の灯が端正な男の風貌をくっきりと照らしだす。

豪奢で優雅な王子――という側面をもつが、きっとこれが彼本来の姿なのだと思った。

漆黒の艶やかな癖のない髪が黒いクフィーヤの隙間からはみ出て風に揺れ、ゆるく切れあがった黒と青の眸は光を吸って宝石のごとく煌いていた。

「どうした、変か」

目のまえに立ちはだかり、イドリスは惺を見下ろした。

その威圧的な空気に呑まれたように息を詰める。悠然とした威丈高な態度には、あいもかわらず支配者階級の優越性がにじみ出ているが、それでもイスタンブールにいたときよりもずっと自然で、優雅さが板についているように感じられる。

鷹揚《おうよう》で、尊大なその素振りからは優雅な貴族のような高雅さが漂う。

トルコでは、オイルダラーが生んだバカ王子と言われ、ラタキアでは、邪眼をもった不吉な王子としてイドリスの評判は最悪だった。だが、この美しい男を生で見れば、そのすべてが偽りであったことがわかるだろう。

月のオアシスを旅立ち、イドリスの母方の部族の兵士たちとともにラクダに乗り、静寂に包まれた砂漠を進軍していくことになった。

車が通ることのできない、真の砂漠を通りぬけなければならなかった。正規のルートには第二王子の軍隊がいるため、彼らがまったく足を踏み入れたことがない、不毛の砂漠を二日かけて進軍しながらラタキアの首都にむかうことにした。

このあたりには、多くの遊牧民族が暮らしているため、ラクダでの進軍が一番安全であり、目くらましにもなるのだ。首都の近くに陣を張り、王宮内にいるイドリスの部下の手配で国王と連絡をとり、軍を動かすことになっている。そして一気に第一王子と第二王子を逮捕する予定だ。

「惺、あと少しだ。あと少しでラタキアに平和が訪れる」

「はい」

砂漠をラクダで進軍する。昔の映画かドラマのようだ。こんなことになるとは夢にも思わなかった。

「すごい砂漠ですね。車では無理なのですか？」

「ああ、このあたりは地盤が緩く、どんな四輪駆動もトラックも砂にタイヤをとられてしまう。戦車でも難しい。砂嵐や竜巻のためにヘリも使えない。かといって飛行機を発着させる場所もない。結局は、昔ながらのラクダを使うしかない場所だ」

「あなたは……過酷な砂漠の国でお生まれになったんですね」

「過酷ではない、世界一美しい場所だ。人工的なものを一切うけつけることができず、太古からの自然を残す砂漠。幾千もの夜が過ぎても、ここは昔と変わらない」

人工的なものを一切うけつけない。その言葉に、だからこそ、目の前に広がる世界はここまで静かで美しいのだと納得した。

「惺、昔から私の国では言われている。ここをラクダで通りぬけることができる人間もまた、人工のものをすべてとりはらわなければならないと。見栄や虚構を捨て、素直な心でわたっていかなければ、砂漠に負け、砂の大地に呑みこまれていく。だからおまえも心を素直にしてわたっていくんだ、いいな」

素直な心で……。その言葉は惺の心に重く響いた。

ラクダに乗りながら進んでいくうちに、砂漠の風景というのは、夜明けのおぼろげな空気のなかで見ると、距離感がなくなるのだということを知った。

「日常生活を離れ、旅をして自然の大きさを知ってしまうと、それまで見えてきたものを違う視線で見つめることができますね」

惺はふと思いついたことを口にした。

「私にはそうしたおまえの言葉のほうが新鮮だ。バザールで値切ったときのように」

「王子は、やはり王子ですから、下々のことはご存じなくて当然です」

「だが、それでは困る。それでは裸の王様になってしまう。私は私の国民のために、よき王子でありたいと願う」

イドリスは自分の信じた王子だった。そんな実感をもてることに惺は幸福感を抱いていた。

その夜はオアシスの近くで野営を張ることになった。棕櫚の木々が生えたあたりに、めいめいが少し離れた場所に陣をかまえることにした。

天幕でうとうととしていた惺は、夜半過ぎ、目を覚ますと、同じ天幕のなかにイドリスがいないことに気づいた。

「――――っ」

イドリスさまはどこに……。

惺が天幕の外にでると、夜空には美しい金色の月が耀いていた。

砂漠の風は冷たく、オアシスの近くにいるため、淡い湿り気がある。

イドリスはどこにいるのだろうと、あたりを見まわしたとき、背後で水音が響いた。

ぎくりと肩をすくめ、ゆっくりと振り返る。

「……っ」

息を呑み、惺は目を閉じた。

「あれは……」

泉で水浴びをする男の裸形。視界があたりの暗さに慣れるにつれ、その輪郭があらわになっていく。

癖のない漆黒の髪から水を滴らせ、イドリスがオアシスで身体を洗っていた。

白とも褐色ともいえない艶のある半身を晒して。

首筋から背中、腕のライン、腰のあたり……となめらかな筋肉で形成された身体は無駄なものをすべて削《そ》ぎ落とした人間の骨格本来の美しさを感じさせた。

そのとき、淡い月の光に照らし出された彼の背中に残る傷跡を見て惺ははっとした。

——あの傷は……。

瀕死の重傷を負ったときの傷だ。

まだ二人とも十代のときだった。ライラと第一王子の陰謀に巻きこまれ、窮地にたった惺をイドリスが助けようとして、そのときに第一王子の放った刺客に襲われたときのものだ。

「どうした、惺、変な顔をして。男の裸がめずらしいのか？」

惺に気づき、イドリスが声をかけてくる。髪の毛から水を滴らせながら近づいてくる。端正な顔立ちに漂うほのかな翳り、濃紺色の美しい眸。

「イドリスさま……その背の傷……」

「ああ、あのときのものだ」

裸体のまま、木に引っかけていた布をはおり、イドリスは泉からあがってきた。

「惺、身体をぬぐってくれないか」

「はい」

タオルを手に、敷物の上にゆったりと座ったイドリスの身体をぬぐう。

「幸せな気持ちになる。おまえに触れていると」

「イドリスさま……」

「惺、私には王位よりもかけがえのないものがある」

衣服を整えると、イドリスは惺の顎に手を伸ばしてきた。

「友であり、親友であり、恋人でもあるおまえだ」

「え……」

「もしこの闘いに敗れたら、私は死によって名誉を守るつもりだったが、おまえと別れるのには耐えられない。おまえのために生きようと思うがどう思う？　そういう男は嫌いか？」

その言葉に胸が熱くなった。

とても大切に思われている。申しわけないが、うれしくて仕方なかった。

「いけません、そのようなことをおっしゃらないでください。俺のことは関係なく、あなたは勝っても負けても生き続けてください。たとえ今負けたとしても、生きて名誉を取り戻してくださ
い。それこそが真の男の名誉だと思います」

きっぱりと言った惺に、イドリスは「そうだな」と納得したように呟いた。

「そうだ、最後まであきらめずに戦うことこそ、名誉と思おう。だからおまえもずっと私のそばで私を護るんだ。おまえの名誉にかけて」

イドリスはそのまま惺に唇を近づけてきた。

「……ん…っ……ふ……」

唇をすりよせ、甘く強く唇を押しつけてくる。その心地よい圧迫感に惺は恍惚《こうこつ》となった。

この人は王になる。この人こそ王にふさわしい人だ。

幼いころからの思い出が次々と甦って胸を締めつけていく。しっとりとやわらかに、けれど情熱的に鎖骨や胸に愛撫をうけながら、深く濃く口内を貪られ、幸福感に満たされている。

「ん……っ……っ」

イドリスの腕に抱き寄せられ、敷物の上に足を開きながら溶けあうように重なっていく。

「ん…あぁ…」

熱っぽくたがいの舌をもつれあわせる。

いつのまにかはしたなく潤んでいた先端にイドリスの指が触れると、とろとろと蜜が滴って彼

の手をしとどに濡らした。

「いいな？」

指先で優しく刺激されて背筋が痺れる。

「はい……あぁっ」

根元を握られ、惺の口から切なげな嬌声が漏れる。イドリスに触れられただけで、そこから火花が走って腰が跳ねあがりそうになる。

少し離れているとはいえ、まわりには、イドリスの母方の部族が野営している。

彼らの幕のむこうに、自分たちのことが聞こえないとはかぎらない。けれど人前での行為に慣れているイドリスには、惺の羞恥がわからない。

「惺……」

するりと窄まりを広げられ、イドリスの指に内側の粘膜を甘やかに刺激される。惺の蜜を絡めた指で窪みの奥を荒々しくかきまわされ、そこが少しずつ和らぎ、物欲しげにひくついていくのがわかって怖い。

自分の身体が自分のものでないものに変化していくのを止められない。

「ん……あぁっ……いや」

せがむような自分の声が砂漠のオアシスに響きそうになるが、ぱちぱちと傍らで燃える薪《まき》の音がかろうじて惺の喘ぎを隠してくれるようだった。

「イド……リスさ……っ……あぁっ、あぁ」

イドリスの指が奥へと沈みこんでいく。

濡れた音が耳を突き、二本の指を広げられ、もはや自分の理性では止められなくなった粘膜の収縮がイドリスの指を締めつけ、心地よく食《は》んでいる。

「いいのか？」

「ええ……つい……いえ」

「気にするな。素直にならないと砂漠に囚われてしまうぞ」

身体をくねらせ、腰をうきあがらせ、これ以上、淫らにひくつく秘部でイドリスの指を締めつけないように耐えた。

「おまえが欲しい」

私もと首を縦に振った瞬間、ぬっと蕾《つぼみ》を割って硬い屹立が挿りこんでくる。

イドリスの背にかかったアラブ服が地面へと翻り、テントのようにふたりの結合部を覆っているのだけが、かろうじて惺に安堵を与える。

もうきっとこんな夜を過ごすことはないだろう。

明日、ラタキアの首都を攻めこんだあと、イドリスは真の王子になる。

そうなれば、もう自分とは今までのように気軽にふれあうことはできなくなる。

そんな鬱屈《うっくつ》した思いを抱えながらも、今、この瞬間、満天の星の下で、愛しいものに埋め尽くされていく喜びに惺は甘い声を吐いた。

「あ……ああっ、あぁっ」

幸福な快楽だった。

それが怖いくらいに自分を支配して頭が沸騰しそうになっている。くぅうっと最奥まで入ってきたイドリスの圧迫感に悍は息を喘がせた。

「辛いか？」

「いい……もっと入ってきて……ください」

イドリスの唇に首筋や胸を揉みしだかれ、啜《すす》り泣くような声があがる。愛している。そう伝える代わりに、懸命にイドリスにしがみつく。そして彼の存在をあますところなく全身で感じ、離れてもこのぬくもりを忘れないようにしたい。

「あ……あぁ、あぁ」

イドリスが好きだ。もっと激しく、もっと容赦なく、すべてを破壊するほど、砂漠の荒波のように乱暴に突きあげて欲しい。

苦しくて怖いけれど、子どものころからずっとためこんできた初恋に終止符を打てるよう、陰ながらこの人とこの人の国の繁栄を祈っていけるようになりたいから。

砂漠の海で溺《おぼ》れたように互いの身体を求め、くちづけをかわし、離れていた八年分の歳月の重みと想いを埋めつくすように求めあった。

「ん……っ……」

オアシスの上空がうっすらと明るくなり始めている。イドリスの腕のなかで目を覚ました惺は、彼がじっと自分を見ていたことに気づいた。

「イドリスさま……あのまさか……ずっと」

「ああ、おまえの愛らしい寝顔もこれで見納めかもしれないと思って」

乱れた前髪のすきまからのぞくイドリスの切なげな双眸。

「見納め？」

イドリスはこくりとうなずいた。

「惺、今日、ふたりの兄王子と私の軍隊同士が対峙する。おそらく多数の犠牲者が出るだろう。おまえは部外者だ、今のうちにここを出て、首都の西側にあるターミナルからバスに乗って国外に出ろ」

「え……っ……それって」

つまり、イドリスが負けてしまう可能性があるかもしれないということなのか。それはイドリスの死を意味する。

「いやです、俺は…」

「いいから、惺、早く行くんだ」

イドリスはとうに死を覚悟をしている。名誉の死を選ぶことはないと言っていたが、処刑されたり、戦死することとそれは意味が違う。

「ナディールに頼んだ軍がまにあえば勝算はあるが、まにあわなければ……我々は数にして圧倒的に少ない」

　イドリスの真摯なまなざしに、惺はかぶりを振った。

「いやです、あなたを置いていくことなんて俺にはできません。俺はあなたの護衛なんですよ、約束したじゃないですか、最後まであなたを護るって。それなのに」

「わからないのか、私はおまえを犠牲にはしたくない。死ぬかもしれない場所にこの世で最も大切な人間を置くことなど……私にはできない」

　その言葉だけで十分だと思った。自分は何て幸せなのだろう。

「いいんです、どうかおそばに……お願いします。俺よりも危険なのはあなたですよ。俺はあなたのいない世界でなんて生きていけません。どうか死ぬときは最期まで一緒に。いえ、何としても生き残ることを考えてください。ふたりで生き残ることを」

　惺はハッとして自分の手首からブレスレットをとった。

「これを……どうかあなたの身に。死ぬためではなく、ふたりで生き残るために。戦いに勝ったあと、俺に返してください。だからそのときまで、ふたりして何としても生きるんです」

　惺はイドリスの手をとり、そっとそこに青いブレスレットをはめた。

「ふたりで生き残る……か。わかった、約束しよう」

　イドリスは手首にかかったブレスレットを見つめ、淡くほほえんだ。

　その次の瞬間、銃声が耳に響いた。

　あたりにこだまする悲鳴にはっと立ちあがる。

「……っ」

昨夜、ようやくラタキアの首都近くに到着した。城壁の見える場所に野営地を組み、陣営を整えたところ、いきなり第二王子の軍の攻撃をうけることとなった。

次々と倒れていく兵士。あちこちで燃えさかる焔。

第一王子、第二王子の連合軍と、少数民族とイドリスを支持する少数派の軍とでは、圧倒的に兵士の数が違う。そして強固に街を取り囲んでいる古くからある城壁。容赦なく砂漠を灼く熱気に意識が朦朧としそうだ。

「中に入って、先に王を助けないと動けないな。それに国王が病気ではなく、幽閉されていることがわかれば、異母兄たちの連合軍も内部分裂し、国王のもとに集う可能性がある。あとはナディールに頼んでおいた反第二王子の援軍が欲しいのだが」

イドリスが兵士たちにそう話しているとき、

「ナディールが軍をひきいて援軍にきてくれた」

兵士の声が響き、ナディールが城門に大砲を放つ。

爆音が轟き、城門を護っていた兵士たちが瓦礫《がれき》のなかに埋もれた。

ナディールたちの攻撃が始まったのを合図に、イドリスと悝は王宮に入りこむことになっていた。あたりの空気を蜃気楼《しんきろう》のように揺らめかしながら、ライフルをたずさえたイドリスのもとに、ナディールが近づいてきた。

「お待たせしました。イドリスさま、こちらは援軍にお任せを」

「では、外のことはたのんだ。私は惺と王宮に行き、国王を助けたあと、第一王子と第二王子を逮捕する」

手引きしてくれた味方の案内を頼りに乾いていた井戸から地下道に行き、王宮の中に入る。

塔に火が放たれ、がらがらと建物が崩れそうになるなか、どのくらい経ったのか、イドリスは国王を助け、塔のなかからでてきた。

「王は意識を失っておられる。このまま彼を安全な場所に…」

国王とともに幽閉されていた国王派の重臣や軍幹部たちが現れ、彼らは他の兵士たちとともに国王を護りながらナディールのいる場所にむかう。

イドリスと惺は、二人の王子と極右の軍部が待機する王宮の奥の部屋へとむかった。

そのとき、わずかな気配を感じた。殺気だ。気づいた瞬間、身体が反射的に動いた。

「伏せてください!」

イドリスの背を突き飛ばし、惺は地面に胸から倒れこむと、大理石の柱の後ろにいた男の足もとを狙って銃を放った。

一斉に鳴る警報機の音。大柄な兵士数人がサブマシンガンを手に階段をのぼってきた。

「いたぞ、イドリスだ!」

ドーンと激しい破裂音が王宮に反響する。

美しいイスラムタイルに次々と穴が開き、大きな音を立ててバラバラに砕けていく。

彼らがハッと驚いた隙に、惺は銃を撃った。

「うっ！」

男がもっていたサブマシンガンが壁にむかって火を噴く。

ばらばらと降ってくる粉々に砕けたタイルの雨。そのとき、柱の陰にいた男の銃口がイドリスの背を狙っているのがわかった。

「くそっ！」

カチャリ、とトリガーにかかる音。

イドリスが狙われている！

そう思ったとき、惺の身体は思わず前に飛びだしていた。

「イドリスさまっ！」

イドリスを庇うように立ちはだかって銃を放つ。

刹那、自分の肩と腹部にも鋭い衝撃が走り、至近距離で銃弾をうけてしまった激しい衝撃で、惺の身体が後ろに吹き飛んでいく。

背中から大理石の柱にぶつかりかけた刹那、イドリスの黒いアラブ服が翻り、たくましい腕が自分を抱き留めた。

「惺！」

惺の身体をイドリスが支える。

「大丈夫か、惺、しっかりしろ！」

イドリスが心配そうに顔をのぞきこんでくる。

「惺、しっかりしろ。死ぬな。どうして」

絶望的なイドリスの声。自分がどんなふうになっているのか惺にはわからない。

ただ彼の手が惺の右腹部を押さえている。

とくとくと止めどなく流れていく血液。なにも考えられない。意識が少しずつ遠ざかっていく。

「イドリスさまが、ご無事でよかった」

ようやく恩返しができた。いや、ようやく護衛として彼に命を捧げることができた。そう思うと、自然と笑みがうかんだ。

## 7

銃弾に倒れたものの悍はかろうじて一命をとりとめた。

それから一ヶ月もしないうちにラタキアにも平和が訪れ、王国は新たな旅立ちの日を迎えることとなった。

「本日を新憲法制定の日として、ラタキア王国は新たに再出発する。軍事中心の国から、かつて交易の要衝として栄えていたときのような平和な国を目指し、皇太子イドリスとともに尽力していくつもりだ」

病気と偽られ、実は第一王子によって長く幽閉されていた国王が、イドリスを傍らに従えて王宮のパティオに姿を現すと、王宮前の広場に集まった国民たちから一斉に歓声があがった。

金色で縁取られた白い上品なアラブ服に、純白のクフィーヤをはためかせ、群衆の前に佇む美しい王子。

その後ろにはナディールの姿があった。彼は有事にも忠実にイドリスに仕えた功績を認められ、新たにこの国の文部大臣となった。

第一王子と第二王子は逮捕されたが、イドリスの温情でサミアは国外追放の罪にとどまるに終わった。第二王子と懇意にしていた彼女の父の命令で、サミアはイドリスの暗殺に荷担することを交換条件に、海外で自由に暮らすことを許されていたらしい。考えれば、彼女も古いしがらみとしきたりの犠牲者なのだろう。

イドリスはそれを薄々気づき、わざと彼女の前でバカな王子の振りをし、第二王子に『イドリスは放蕩三昧の暮らしをしている。王位には興味がなさそうだ』という情報を流させていた。

惺を彼女のそばにつけたのは、彼女に刺客がくる心配がないことに加え、イドリスを真剣にいさめる惺の姿を見て、彼女が『本当にイドリスはおかしくなった』と再認識すると見こんでのことだった。ナディールの進言だったとか。

そして惺がサミアの護衛についている間に、イドリスはセリムや海外の識者を通じて粛々と新憲法制定の準備を整えていたらしい。惺にそのことを言わなかったのは、本気でイドリスを案じさせるためだったというのをあとでナディールから聞かされた。

『すみませんでした。敵の目をごまかすために、演技ではなく、イドリスさまを真摯に諫める人間が必要だったので。あなたにはずいぶん辛い思いをさせました』

見舞いにきたナディールにそう謝罪されたが、少しでも彼の役に立ててよかったという気持ちにしかならなかった。おかげで彼のそばにいることができたわけだから。

そして惺の両親も牢獄から解放され、元の生活に戻ることが許された。

惺が入院している間に、すっかり世の中は変わってしまったらしい。銃で撃たれたところはまだ少しばかり痛むが、もうほとんどよくなっていた。

あのあといったんラタキアの病院に搬送され、緊急手術をうけたが、より医療技術の発展した国で治療をということになり、惺はイスタンブールの大病院に転院することになった。

入院中、イドリスはクーデター後の国の混乱を収めるのに多忙で、イスタンブールには使いや見舞いをよこすだけで直接訪ねてくることはなかった。

退院したら連絡するようにと言われていたが、王位継承者として、国王とともに華やかにパレードに参加するイドリスの姿を見て、惺はもう自分の役目は終了したのだと悟った。

新憲法も制定され、国家は国王とイドリスを中心に平和にむかって進み始めている。

——イドリスさま。どうかお元気で。

王国の復活を祝う盛大な祝典が行われているのをよそに、惺はハワイに戻ることにしていた。

「兄さん、本当に王子に何も言わないで行くの？」

自宅に戻り、パレードを見物していると、弟の和樹が声をかけてきた。彼は惺が入院中に何度も病院を訪ね、八年間にあったことや、今の国状について語ってくれた。

「もっとこの国にいたらいいのに」

「いいんだ、俺はもともと追放された身。この国の地をもう一度踏めただけでもいいと思っている。それに元気なおまえや父さん母さんに会えただけでもよかった」

本当はイドリスのそばにいたい。彼を護り続けたい。だけどこれから先、この王国を継ぐ彼に自分は不必要な身だ。

昔、自分のせいで彼に傷を負わせた。けれど今度は彼を護ることができた。これで思い残すことはない。

「和樹、おまえは明晰だ。腕だけが自慢の俺とは違う。きっといい政治家になるだろう。これから先、どうかそばにいてイドリスさまを支えてくれ」

「兄さんは彼を支えていきたいとは思わないの？　せっかく国外追放も解かれたのに」

「俺は別に……」

目を細め、惺は窓から祝典の様子を見下ろした。

『支えていきたいとは思わないの？』

そんなこと……決まっている。彼のそばにいて、その上、彼を支えることができるのならどれほど幸せだろうか。

本当はそばにいたい。けれどあの人は、この先、国王になられる。自分はそばにいてはいけない存在だ。そのことは最初からわかっていた。恋をしてはいけない相手、自分だけの存在にしてはいけない相手。だからこそこの国を出るのだ。


翌日、惺はラタキアを旅立ち、イスタンブールにむかった。

夜の更けたイスタンブールの街は、昼間の喧噪がウソのように静まりかえり、王宮にも闇が広がっていた。

——あとは、この街に残した荷物を整理して、ハワイに戻ればいい。

惺は、かつてイドリスと過ごした邸宅に戻る前にふたりで行ったグランドバザールや、広場、ガラタ橋を辿ってみた。

黒いクフィーヤを被り、しんとした夜のイスタンブールの市街地を歩いているうちに胸の奥が切なさに締めつけられそうになってくる。

街のそこ彼処《かしこ》に王子の存在が染みついている。

値切りにトライしたバザール。祭のような広場で彼が手に入れたブレスレット。突然の雨に、ふたりで走り抜けた路地。そして人目を避けるようにして、つながったあの路地……。

サミアたちと第二王子の陰謀を暴くために、ハムレットのようにわざと愚か者の振りをして放蕩三昧をしていた彼。

『私には王位よりもかけがえのないものがある。親友であり、恋人である、惺、おまえのことだ』

そう言って、狂おしく求められた。あのとき、自分は彼をいさめることしかできなかった。

『そんなことを言ってはいけません』――と。

本当はとてもうれしかった。幸せで幸せで仕方なかったのに。

そのお気持ちだけで生涯生きていける。

大切にしてくださってありがとうございました。俺はどこにいてもあなたの幸せを願っています。

彼とのひとつひとつの想い出を拾い集めるように確かめながら、惺はかつてイドリスが住んでいた邸宅まで行き、重い扉を開け、今は主人のいない建物のなかに入っていった。

警備員から鍵を受けとり、かつて住んでいた部屋へとむかった。

パティオを抜け、広間を横切り、窓からマルマラ海を渡る船の汽笛があたりに響いたそのとき、悝は何者かの気配を感じ、ふっと足を止めた。

広々とした正方形のパティオを悝は息を殺して凝視した。レモンの木や薔薇の鉢植え、甘い芳香を放つ天人花《てんにんか》に囲まれた泉水で飾られたイスラム庭園。

誰か、いるのだろうか。そこからうっすらと音楽が流れてくる。

ウードの旋律だ。

風に乱れた前髪をかきあげ、視線をむけた先に人影があった。パティオの椅子にゆったりと腰を下ろし、ウードを演奏している人影の正体に気付き、悝は硬直した。

「…………っ」

白いアラブ服姿で慈しむようにウードを抱きかかえてぽろぽろと弦をはじき、すねたような眼差しでこちらを見つめている男。

「イドリスさま……」

「やはりここにいたのか」

「あなたこそ、どうしてここに……。まだ祝典の途中なのに」

「祝典なのに、おまえが戻ってこない。だからむかえにきた」

「だからっていきなり……イスタンブールにきたりして、お立場をわかっていないのですか」

「おまえは私の恋人ではなかったのか。勝手なことは許さん」

「ですから、それは……」

「駄目だぞ、どこにもやらないからな」

ウードを置いて立ちあがり、イドリスはアラブ服の裾を翻しながら近づいてきた。

「おまえを今日から私の親衛隊長に任命する。生涯、私のそばで私に仕える名誉を与える」

「名誉って……」

するりと惺の懐から航空券をぬきとると、イドリスは冷徹な目でそれを見た。

「おまえにこれは必要ない。おまえは、これから先、由緒正しきラタキア王国の皇太子の親衛隊長だ。ラタキアの軍人――つまり王国の要人で、私の親衛隊長になる以上、主人である私のそばから離れるなどもってのほかだ。おまえは、今後、私のためだけに生きていくように」

その傲慢さ、尊大な物言いに、惺はあきれたようにため息をつく。

「イドリスさま……それはご命令ですか？」

「そうだ。皇太子からの命令だ」

「皇太子命令なら従うべきかもしれませんが、ただそれだけでは人の心は動かせませんよ」

「何だと」

「命令以外の方法で俺をつなぎとめてください」

一瞬、イドリスが押し黙る。そして眉間にしわを刻み、訳がわからないことを言うなと批難するような目をむけてきた。

この人にはきっと永遠にわからないのだろう。そう思った。ふつうに「そばにいて欲しい」と口にするだけでいいのに。

「命令以外の方法など私には思いつかない。絶対に、いやだ、おまえを離さない、おまえは私のものだ」

その駄々っ子のような態度に、ふっと少年時代、あの宝物庫で見たイドリスの涙を思い出した。ひとりぼっちで、常に刺客に襲われる毎日を過ごしていたイドリス。自身の感情を押し殺して生きていた。

そんな彼が一瞬かいま見せた涙に切なさを感じ、ずっとそばにいさせて欲しいと思ったあのときから、惺の気持ちはなにひとつ変わっていない。

「皇太子の親衛隊長がいやだなんて私には理解できない。では、一体、どうすればおまえは私のそばにいるんだ」

常に己の立場を重んじ、無感情の仮面のなかに己の情を封印して生きてきたイドリスが、幼い子供のように感情を吐露している。彼がこれほど切なげな表情を見せ、心細そうな声を出すのは初めてだ。

——あなたは……そんなにも俺を大切に想ってくれているのですか。

彼のその一途さ、愚かなまでにまっすぐな想いに、魂が熱く揺さぶられる。自分もどれほどこの人が愛しいか。どれほどこのひとのそばにいたいか。

その頬にそっと手を伸ばし、惺は静かにほほえみ、諭すように言った。

「……俺は何も必要ないんです、地位など」

「惺……では……」

「そばにいて欲しいとおっしゃってくださるだけで」

「そんなことで……いいのか」

不可解そうに眉をよせたまま、イドリスが問いかけてくる。惺はこくりとうなずいた。

「ええ。命令でも形式的な立場でもなく、ただイドリスというひとりの人間が、惺というひとりの人間を欲してくださればいいんです。ただそばにいて欲しいと言ってくだされば……」

イドリスはますます眉間にしわを刻み、不可解そうに惺を見つめたあと、いつになく自信なさげに、しかも切願するように言ってきた。

「なら、おまえに頼む。そばにいてくれ。おまえがいないと、私は皇太子になどなる必要はないんだ。おまえが私のせいで国外に追放されたとき、私はラタキアを継ぐ決意をした。私が権力を摑み、法律を変えないかぎり、おまえをラタキアに呼び戻せないと思ったから。おまえがいないのなら皇太子になどならない。王国を護ることもどうでもいい」

「イドリス王子、それは困ります。そんなわがままを申されては、あなたに期待した国民が失望します」

「では、そうさせないためにも、私のそばにいるんだ。おまえがいるなら、私は国民のためにいい王になる。いいな」

イドリスは惺の航空券を松明の火に近づけた。

「イドリスさまっ！」

火中に航空券を投げ、イドリスは不敵にほほえんだ。

「これでおまえはどこにも行けない」

どうしても自分をそばに置こうとする彼の真摯な姿を前に、惺はもう迷ったり懐疑的になったりするのはやめようと思った。

幸せな諦念《ていねん》が胸に広がり、どんなに断とうとしても、結局、自分のなかで消し去ることができない狂おしい想いがまた燃え上がってくる。

「俺を親衛隊長にしたら国民が不満を漏らしますよ」

惺は困ったような口調で問いかけた。

「そんなことはない」

「ですが、俺は異国の人間ですよ。しかも異教徒で」

「ラタキアの法は私が作る。国民が私に逆らうことはない」

尊大な言いぐさだった。生まれながらに支配者としての権能を与えられた男にのみ許された台詞《セリフ》だった。

この男のこうしたところも含め、すべての言葉、すべての行動にどうしようもない愛しさを抱いてしまう。もはやこの王子から離れて生きていくことなどできないのかもしれない。

「あなたが法になるような国では信頼できません。やはりそばにあなたを諫めることができる人間が必要なようですね」

惺は苦笑まじりに言った。惺の観念した様子に気をよくしたのか、イドリスはふっと目を細め、これまでとはうって変わったおだやかな笑みを見せた。

「ああ。おまえはいつも正しい。それはおまえだけが私を王子ではなく、ひとりの人間として愛してくれているからだ」

その言葉に胸が熱く震えた。この方は、こちらが思っている以上に、深く大きな心で慈しみ、愛しく想ってくださっている。

――そんな気持ちをむけてくださるなんて……何と切なくて、何とうれしくて……何ともったいないことだろう。

どう言葉にしていいかわからないほどの幸福感を嚙みしめていると、イドリスはポケットから魔除けの邪視ナザールボンジュのついたブレスレットを出し、惺の手にはめた。

「これ……」

「私の目であり、私の護符、そしておまえへの愛の証明だ」

決戦の朝、イドリスにアッラーの加護があることとその勝利への祈りをこめて一時的に預けたブレスレットだった。

「イドリスさ……」

涙が出てきそうになるのを懸命にこらえた。

「約束どおり戦いに勝利した。これはおまえに返す」

「イドリスさま」

「そして、これからはおまえが魔除けとなり、ずっと私を護り続けるんだ。いいな」

「イドリスさ……俺は……」

どっと喉の奥から熱いものがこみあげ、気がつけば、大粒の涙が眸からこぼれ落ちていた。こらえようとしても熱い雫が頬を濡らし、とめどなく涙があふれてくる。

「すみませ……っ……っ…」

惺は手で口を押さえ、とっさに彼に背をむけようとした。しかしすかさず肩を摑まれ、その胸に抱きよせられる。そして低い声で慈しむように囁かれる。

「愚かなやつ、それほど私を愛しく想っているのに、なぜその想いを捨てようとした」

「あなたは皇太子で……俺は……ただの外国人で……」

「本当におまえは愚かだ。何度言わせる、私は愛しい者を護りたくて皇太子になる決意をした。おまえがいなければ意味はない。どうしてそれがわからないんだ」

「……っ」

だめだ。もうどうしようもない。抱きしめられたとたん、あふれんばかりの想いが堰を切り、胸の奥から衝きあがってきて止められなくなってしまった。

もう離れられない。この愛しさを手放すことなんてできない。十三歳のときからずっと好きだった。この人のことだけを想い、この人を護ることにだけ喜びを感じてきた。

それなのに……どうしてこんなにも愛しい人と自分は八年間も離れることができたのだろう。どうしてこの恋を手放し、遠いところで暮らそうなどと思うことができたのだろう。

「惺、日本人は言葉にできない想いに気づいて欲しいときに……すみませんと口にするくせがあるのか？」

「……すみま……っ……」

「それとも……それはおまえが私に敗北したという意味にとらえていいのか？」

「いえ、あの……すみま……せ……」

「謝ったりするな。それよりも二度と私のそばから離れようとするな」

と言いかけ、イドリスは言葉を止めたあと、これまでにないほど優しい目を惺にむけた。

「……いや、そうではなかったな。惺、二度と私から離れようなどと思わないで欲しい。生涯、そばにいて、私をずっと支えてくれ。いいな」

そう言ってイドリスは唇を重ねてきた。惺はその背に腕をまわし、「ええ」と返事をする代わりにそっと目を瞑った。


そして気付けば、パティオに面した大理石の床でふたりして狂おしく抱きあっていた。

「衣服をすべて脱げ」

「イドリス……さま」

「今夜は護衛であることも忘れ、私の恋人として私のものになれ」

狂おしい言葉。狂おしいキス。

薔薇や天人花が咲き乱れ、甘い香りに噎せそうになるパティオ。

「あぁっ、あぁ……イドリ……さ……」

めいっぱい広げられた窄まりに、猛々しい肉杭が激しい抜き差しをくり返す。惺の身体は大理石の床で大きくのけ反り、昂った性器の先端からはとめどなく先走りの蜜が滴り落ちていた。

夜のパティオには、濡れた肌がぶつかりあう淫靡な音が反響している。

何度もこすりあげられ、甘い声を吐きながら同時に達ったあと、それでもイドリスは結合を解こうとはしない。

「ふ……ん……っ……」

まだどくどくと脈打つものが内部にとどまっている。吐きだされた粘液が少しずつ窄まりのすきまからしみ出て、腿を伝って大理石の床に落ちていくのを感じながら、その背に腕をまわし、惺は彼に唇を近づけていった。

汗のにじんだ素肌がこすれあうにつれ、ついさっき絶頂を迎えた甘苦しい余韻が肌の奥から甦り、背筋や下肢がまた疼きそうになっている。

そんな惺の様子に気づき、イドリスがぐぅっと腰を押しつけてきた。

「あぅっ……」

じわじわと惺の体内で彼の性器が膨張していく。たちまち感じやすい場所を圧迫され、惺の腰が跳ねあがりそうになる。

「感じているのか」

「すみま……せ……っ」

「おまえは……それしか言えないのか」

あきれたように呟き、切なげに唇をすりよせてくるイドリス。愛しさがこみあげ、惺はその背に腕をまわして、じっとその顔を見あげた。

「ん？」

汗に濡れ乱れた前髪の隙間から、イドリスが目を眇めて惺を見下ろす。

ありがとう——シュクラン、ジャズィーランと言うつもりだった。けれど惺の口からは別の言葉が出てきた。

「あなたが……好きです」

「惺……」

初めて言ったな……と言わんばかりの表情を見せたあと、イドリスはやるせなさそうに眉をよせ、唇を近づけてきた。

「もう一度言え」

慇懃な命令。イドリスらしい。惺はその背に腕をまわしたまま、かすれた声で呟いた。

「あなたを……愛しています。十三歳のときから今日まで……そしてきっと生涯……」

惺の言葉に、イドリスは目を細めてほほえんだ。

「私も誓おう、生涯、結婚はしない。おまえの手にかかったそれが私のおまえへの気持ちだ」

「いけません……それは。あなたは国王になられる身なのに」

「おまえは……それでいいのか？」

問いかけられ、惺は押し黙った。ぎゅっと唇を嚙みしめた惺を見下ろし、汗に濡れた額の髪を愛しげに梳きあげてくれた。

「惺……聞いてくれ」

そこに唇をよせ、イドリスは真摯な声で言った。

「幸い、私にはまだ数人の異母弟がいる。彼らをひとりひとり大切に教育し、次の国王にしていく。それで十分だ。私の手で王にふさわしい次の王を育てられれば」

骨肉のあらそいをするのではなく、次の王を育てる――。これまで互いの命を奪いあい、武力によって王座をあらそってきた王族の常識をこの王子は根底から覆そうとしている。

それは……自分への愛のためか。それとも彼自身の信念か。いずれにしろ、彼は茨の道を進もうとしている。苛酷で、とてつもなく困難で、もしかすると……育てた相手に暗殺されてしまう怖れすらある道を。

――いや、そんなことはさせない。そうなったときは俺が護る。俺が命がけで。

惺は固く胸で決意し、イドリスを見あげた。

「では、俺にも……手伝わせてください」

イドリスはうっすらとほほえんだ。

「初めてだな。おまえが私の意見に賛同してくれたのは」

「それが正しいことだと思ったので」

「では私も少しは大人になれたというわけか。おまえに諌められなくてすむような、王子にふさわしい王子に」

彼は惺の手をとり、手首にかかったそれにキスしたあと、もう一度、唇を重ねながら身体を求めてきた。

幼いころからずっと慕い続けてきた王子。会えなかった長い歳月でさえ、その想いを消すことはできず、再会してからはいっそうの愛しさが募っていった。

そして今は、この人のそばにいられることに喜びを感じ、こうして愛されることに至上の幸福を感じている。

——護ります、俺が。あなたを、ずっとずっとこの先も、この生があるかぎり。

月が青白く染めるパティオのなか、惺はその背に腕をまわし、永遠の愛を誓うように彼の腕のなかで幸せを噛みしめ続けた。

その数日後、祝典の最終日、イドリスは正式な王位継承者として皇太子の地位についた。

翌朝、夜明けとともに、風が吹き渡る王宮の屋上に呼ばれて行くと、イドリスが正式な純白の皇太子の正装に身を包み、バルコニーからラタキア国土を見ていた。

「惺、こっちへこい」

うながされ、彼の傍らまで進む。イドリスは惺の肩に手をかけ、王宮のはるかむこうに見える砂漠を指さした。

「ここがすべて私の国だ。そしておまえの国だ」

砂にかこまれた大地に林立する古めかしい建物。それとは対照的な石油コンビナート。

「本当におそばにいていいんですね」

風が優しく吹きぬけ、ふたりの被ったクフィーヤをはためかせる。

東の空からのぼり始めた太陽が、ラタキアの国土をまるごと黄金色に染めていた。

「愛する人間とともに、ひとつのことを成し遂げていく。それが国家を護っていくことなら、私は他になにもいらない」

真摯な眼差しでイドリスは惺を見つめた。

「おまえがいるからなにかを成し遂げたいと思う。おまえを愛し、護っていくために、皇太子として最高の実績を積んでいきたいと」

イドリスはそう言うと、惺の手をとった。

「おまえは？」

目を細めて問いかけられる。

「俺は……」

愛する人と生涯手をつなぎ、ふたりで同じ目標にむかってなにかを成し遂げていく。

それこそが最高の幸福だと思っている。

「俺も……同じです」

にこやかにほほえんで惺がそう呟くと、イドリスは唇を近づけてきた。

指と指を絡めあわせ、互いの手首で揺れる魔除けのラピスラズリが朝の光を反射するなか、ふたりの濃い影が王宮の屋上に細く長く刻まれていた。

## あとがき

こんにちは。この度はこの本をお手にとって頂き、本当にありがとうございます。

初砂漠、初王子ということでドキドキです。主役は、孤独な俺様王子のイドリスと、無愛想で無表情で一途な護衛の惺。テーマは幼なじみだった二人の、切ないすれ違い再会愛です。

砂漠ものなのにトルコのイスタンブールがメインなのは、渡航経験のあるイスラム圏の国が限られているせいです。王子の出身国は架空の王国ですが、アラビア半島にある地味な3ヶ国の一部分を少しずつモデルにしました。どこかわかりますか？

この話を書くきっかけは、担当O様の「砂漠ものに挑戦してみませんか」の一言でした。私にロマンチックな砂漠ものなんて無理……と尻込みしていたのですが「俺様な王族×日本人。あとは媚薬と陰謀、砂漠があれば何とかなります」との力強いお言葉に背中を押され、トライすることに。ところが初稿提出後、O様から「砂漠ものというより、いつもの華藤《かとう》さんですね」との感想が。「あの……何か外しましたか？」「いえ、華藤さんですから」「やっぱりどこか変なんですね？」「いえ、華藤さんらしいですよ」「ハーレムがないせい……とか？」「別にそういう問題でも」という会話が続き、（私らしい？　それがズレている原因だ）と暗中模索のまま改稿してみましたが、最終的にO様から「次は砂漠ものらしい砂漠に挑戦して下さいね」との明るいお言葉を頂戴することに（笑）。ということで、王道アラブを期待されました方、どうもすみません。

ここで謝っておきます。

でも――考えれば、幼なじみの再会愛という時点で正統アラブではないんですよね。更には、心の狭い傲慢攻めが受けの持ち物を燃やしたり破ったり、ドンパチの果てに攻めや受けが相手を庇ったり撃たれたり斬られたり瓦礫に埋もれたり――は拙作に多いパターンですし、お相手を身近な護衛にしようという短絡的発想も私らしい感じ。あ、でも『主×従』は、初めてなんですよ。従×主は多いし、この先の予定もありますが。そんなわけで、今回、Mっ気のない俺様な王子攻め、とても新鮮な気持ちで書きました。ただ読み返すと、最終的にはどうも淋しいヘタレといういつもの攻めになったような……いえ、きっと気のせいですね（笑）。

梨《なし》とりこ様には、某社の和物に引き続き、素敵な絵を描いて頂き、感動しています。王子がストイックで格好よくて色っぽくて、惺に加えて脇役のナディールも超美麗で大変嬉しかったです。そして今は表紙と口絵の美しさに感激し、何度も眺めてうっとりしています。モノクロはまだラフしか見ていませんので、完成がとても楽しみです。本当にありがとうございました。

担当O様を始め、編集部の皆様、関係者の方々には、最後までばたばたしてご迷惑をおかけし、本当に申し訳ありませんでした。精進しますので、今後ともどうぞよろしくお願いします。

読者の皆様にはいかがでしたか？　王道からはズレましたが、私なりにエキゾチックで華やかなミラクルアラビアンを目指しましたので、少しでも楽しんで頂けたら幸せです。と書きつつもいろいろ不安なので、感想など、一言でもお聞かせ頂けましたら助かります。アラブものに対するご意見なども教えてください。では、またどこかでお会いできることを願って。

# 既刊案内

アルルノベルス
好評発売中！

airles NOVELS

すごい変化ですね、ついこの間まで慎ましい処女だったのに。

## 優しくしないで

華藤えれな
Elena Katoh

ILLUSTRATION
藤井咲耶
Sakuya Fujii

２年前に検事と被疑者として出会った笹本と清瀬。冤罪で全てを失わせた負い目から、笹本は自らの想いを隠し、彼の手に抱かれて——。

定価：**857円**＋税

# 既刊案内

アルルノベルス
好評発売中！
airles NOVELS

心がきしむほどの情欲に囚われて……

## 共棲愛―シンクロニアー―

華藤えれな
Elena Katoh

ILLUSTRATION
海老原由里
Yuri Ebihara

優秀だった兄を模倣し生きる事に、息苦しさを感じていた羽月の前に現れた新堂。怜悧な視線で、自身を見つめる男に惹かれてゆくが…。

定価：**857円**＋税

# アルルノベルス・バックナンバー

**■あさひ木葉**
- 執　愛　かんべあきら 画
- ひめやかな夜の支配者　史堂　櫂 画
- 堕ちてゆく貴公子　小路龍流 画
- 白の淫罪　緒田涼歌 画
- 独裁者の求愛　海老原由里 画
- 専制君主の蜜愛　海老原由里 画
- 虜　囚 ―とりこ―　笹生コーイチ 画
- 情　人 ―こいびと―　笹生コーイチ 画
- 愛　縁 ―きずな―　笹生コーイチ 画
- 契　愛 ―ちぎり―　稲荷家房之介 画

**■麻生玲子**
- 可愛い男　CJ Michalski 画
- 大型犬のしつけ方　かなえ杏 画
- 欲望の在り処　有馬かつみ 画
- 愛しか教わらなかった　DUO BRAND. 画
- ささやかな恋愛のすすめ　有馬かつみ 画

**■いおかいつき**
- 誘惑のまなざし　実相寺紫子 画
- 熱に溺れる。　桃山　恵 画
- 陵辱に綻ぶ華　笹生コーイチ 画
- 残酷な逢瀬　佐々木久美子 画
- 憧憬の代償　有馬かつみ 画
- 相続人と蜜月　山田ユギ 画

**■池戸裕子**
- オアシスの檻　実相寺紫子 画
- 御曹司と恋のレシピ　祭河ななを 画

- 二響螺旋 ―愛と熱情のアリアー　佐々木久美子 画
- 緋い月　有馬かつみ 画
- この禁じられた愛に　桃山　恵 画
- 伯爵の囚われ人　桃山　恵 画
- 砂漠の王は愛を夢見る　砂河深紅 画
- 砂漠の王は愛に溺れる　砂河深紅 画

**■伊郷ルウ**
- 微熱シンドローム　天城れの 画
- シリアスな白日夢　祭河ななを 画
- コールド・レイン　しおべり由生 画

**■今泉まさ子**
- 駆け引きはキスのあとで　タクミユウ 画
- 華と散りぬるを　朝南かつみ 画
- 総帥の密かな策謀　桜井りょう 画
- 愛されたがりの恋　桜城やや 画
- イノセント サイレンス　朝南かつみ 画
- 王子と危険なボディガード　タカツキノボル 画

**■うえだ真由**
- 嘘と愛と甘い罠　史堂　櫂 画

**■上原ありあ**
- 囚われた砂の天使　有馬かつみ 画
- 執事（ヴァレット）の秘め事　天城れの 画
- 領主館（マナーハウス）の恋　天城れの 画

- 黒真珠の瞳に　有馬かつみ 画
- 舞姫―砂漠の婚姻―　かなえ杏 画
- 砂漠に咲く偽りの花嫁　有馬かつみ 画
- 砂漠の王子とパリの恋　宝井さき 画

**■神楽日夏**
- 魔神の婚姻　カズアキ 画

**■桂生青依**
- 狂恋の夜は熱雨に濡れて　桜川園子 画
- 淫らな微熱のタクティクス　九条AOI 画
- 奪われる白衣の麗人　桜川園子 画
- 恋の悩みを知る君は　街子マドカ 画
- 誓いのキスは恋咲く庭で　佐々木久美子 画
- めまぐるしく めくるめく　六芦かえで 画

**■華藤えれな**
- 共棲愛―シンクロニアー　海老原由里 画
- 優しくしないで　藤井咲耶 画
- 幾千もの夜の秘めごと　梨とりこ 画

**■かのえなぎさ**
- 臆病な支配欲　青海信濃 画
- ふしだらな凶賊たち　櫻井しゅしゅしゅ 画
- イジワルな運命　かんべあきら 画
- 囁きは甘い蜜に満ちて　ライトグラフⅡ 画
- 侵せない繭　紺野けい子 画
- 甘くて、残酷な誘惑　有馬かつみ 画
- 淫らな獣の躾け方　しおべり由生 画

**■神奈木　智**
- 標的は偽りの華　金ひかる 画
- 標的は気高き月　金ひかる 画
- 野蛮な守護者（ガーディアン）　金ひかる 画
- 初恋の雫　金ひかる 画

**■杏野朝水**
- 野蛮な純愛　かんべあきら 画
- 蜜のように毒のように　佐々木久美子 画
- 君のいけない束縛　水貴はすの 画
- 甘美な鎖　小山宗祐 画
- 穢れた楽園　小山宗祐 画
- 天使が淫らに堕ちる夜　宝井さき 画
- 情欲の蜜に染められて　砂河深紅 画

**■香月宮子**
- そのプリンス危険につき！　実相寺紫子 画
- そのプリンス過激につき！　実相寺紫子 画
- 神父さまの囲われ者　石丸博子 画
- 英国貴族は花嫁がお好き　水貴はすの 画
- アラビアンナイトな略奪愛　松成久美子 画

**■剛しいら**
- 人のかたち　小笠原宇紀 画

**■小塚佳哉**
- 禁　句　桃山　恵 画
- 誓　約　桃山　恵 画
- 恋に堕ちたデジタリアン　椎名ミドリ 画

# アルルノベルス・バックナンバー

■沙野風結子
蝶宮殿（ファラーシャマハル）の王子様　稲荷家房之介 画

■篠伊達 玲（篠伊達 礼）
サディスティック恋愛論　緋色れーいち 画
くちびるに誘惑　桜 遼 画
ゆびさきの誘惑　桜 遼 画
砂漠の王は甘美に乱す　桃山 恵 画
無慈悲な龍の寵愛　藤河るり 画
プライオリティー ―恋愛優先権―　有馬かつみ 画

■髙岡ミズミ
秘 恋　緋色れーいち 画
やわらかな熱情　桃山 恵 画

■橘かおる
罪人は蜜に濡れて　しおべり由生 画

■中原一也
野良猫とカサブランカ　実相寺紫子 画
俺を抱いてイケ　藤井咲耶 画

■葉月宮子
乱される白衣の純情　タクミユウ 画
魅せられし夜の薔薇　緒田涼歌 画
SPは愛に惑う　ヨネダコウ 画
千夜一夜に愛が降る　榎本 画

闇色の男に縛られて　藤河るり 画
君が奏でるキスのメロディ　桜井りょう 画

■花川戸菖蒲
眠り姫からキスを　角田 緑 画
愛という果実　水貴はすの 画
ビスクドール・シンドローム　水貴はすの 画
ビスクドール・ハネムーン　水貴はすの 画
天使の祝福　水貴はすの 画
天使の告白　水貴はすの 画
ビスクドール・マリアージュ　水貴はすの 画

■バーバラ片桐
罪よりも濡れた吐息で　ライトグラフⅡ 画
絶対者に囚われて　海老原由里 画
絶対者に奪われて　海老原由里 画
軍服の劣情に堕ちて　朝南かつみ 画
純潔を闇色に染めて　藤井咲耶 画
ボディガードは氷花を抱く　海老原由里 画
虎狼は愛に餓えて　藤井咲耶 画
囚われた極東の華　朝南かつみ 画
艶縛―軍靴の蹂躙―　朝南かつみ 画
カッサリーノ家の花嫁　海老原由里 画
純白の婚礼～カッサリーノ家の花嫁～　海老原由里 画

■早瀬響子
束縛に秘めた愛　桃山 恵 画
復讐という名の熱情　水貴はすの 画
砂漠は罪に濡れて　実相寺紫子 画
王子は愛に跪く　宝井さき 画

花嫁は籠の中で　藤河るり 画
公爵は愛に誘（いざな）う　桜城やや 画
熱砂の囚人　すがはら竜 画

■火崎 勇
命令を待ってる　葛井美鳥 画
人魚姫じゃないから　小路龍流 画
恋愛迷宮　海老原由里 画
花に射す影　朝南かつみ 画
愛の還る場所　須賀邦彦 画
似合わない恋人　榎本 画
恋愛の事情　緒田涼歌 画
銀の誤解 金の恋　海老原由里 画
らしくない恋　佐々木久美子 画
ランドリー ランドリー　有馬かつみ 画

■妃川 螢
LOVE MELODY　あさとえいり 画
LOVE NOTE　あさとえいり 画
愛には愛で　しおべり由生 画
愛は手負いのケダモノ　青海信濃 画
君とここにあること　かんべあきら 画
誑惑の檻 ―黒皇の花嫁―　DUO BRAND. 画
恋がはじまる　実相寺紫子 画
恋をしただけ　実相寺紫子 画
恋におちたら　実相寺紫子 画
これが恋というものだから　実相寺紫子 画
恋より微妙な関係　実相寺紫子 画
白衣の報酬　水貴はすの 画
禁断ロマンス　朝南かつみ 画

■日向唯稀
Dr. ストップ ―白衣の拘束―　水貴はすの 画
Bitter・Sweet ―白衣の禁令―　水貴はすの 画
刹那すぎて、濡れる夜　香住真由 画

■藤村裕香
執金ラプソディ　井ノ本リカ子 画
悲劇のスリーピングビューティー　井ノ本リカ子 画
淫らな陶器　桃山 恵 画
エンジェルガーデンの花嫁　かんべあきら 画
愛に束縛される　CJ Michalski 画
灼熱の束縛者　DUO BRAND. 画
灼熱のゴールドウィング　DUO BRAND. 画
灼熱の逃亡者　DUO BRAND. 画

■藤森ちひろ
裏切りの愛罪　明神 翼 画

■藤原万璃子
灼熱のエメラルド　櫻井しゅしゅしゅ 画
愛と憎しみのソレア　甲田イリヤ 画

新書判　定価900円（税込）　（株）ワンツーマガジン社

# アルルノベルス・バックナンバー

■真崎ひかる
- 恋より甘く愛より熱く　笹生コーイチ 画
- 略奪計画。　たかなぎ優名 画
- 甘い恋の駆け引き　甲田イリヤ 画
- 黄金色のシャングリラ　タカツキノボル 画
- 手解きは愛を込めて　しおべり由生 画
- ひそやかな独占欲　笹生コーイチ 画
- 『好き』なんて知らなかった　葛井美鳥 画
- 素直に『好き』と言えない　葛井美鳥 画

■松幸かほ
- 無自覚なフォトジェニック　タカツキノボル 画
- 憂鬱なフォトジェニック　タカツキノボル 画
- ひとでなしの恋人　佐々木久美子 画
- こんな、せつない嘘。　実相寺紫子 画
- こんな、はかない恋。　実相寺紫子 画
- 華は洋館に囚われる　高階 佑 画
- そのかたわらで天使はまどろむ　榎本 画
- 欧州小夜曲（セレナーデ）　藤井咲耶 画
- 幸せの羽音　緒田涼歌 画
- 静謐な隷属　砂河深紅 画

■水島 忍
- 被虐方程式～一輪のバラを手折るまで～　しおべり由生 画
- 被虐方程式～長い夜が終わるまで～　しおべり由生 画
- 荊の鎖　タクミユウ 画
- 妄愛連鎖～サーバント・ラブ～　街子マドカ 画
- 妖艶暴君のふらちなジェラシー　すがはら竜 画
- アルテミスの生贄　桜城やや 画
- 薔薇と血の咲き乱れる庭で　緒田涼歌 画

■水月真兎
- 偽装愛人　桜 遼 画
- 男色戯画　天城れの 画
- 罪深き夜の僕（しもべ）　藤井咲耶 画
- 高慢な天使の僕（しもべ）　須賀邦彦 画
- 魔都（バビロン）は恋に燃えて　桃山 恵 画
- 王は考古学者の虜　小山田あみ 画
- 夜の獣たち　榎本 画
- 最凶王子～二階堂警視の受難～<br>跪け！　DUO BRAND. 画

■宮川ゆうこ
- シャッターチャンスは甘い誘惑　甲田イリヤ 画
- この恋にきめた！　甲田イリヤ 画
- 冷たい視線に捕らわれて　たかなぎ優名 画
- レールウェイポリスに口づけを　桜 遼 画
- やさしく愛して　しおべり由生 画
- 秘密のキスは恋の味　甲田イリヤ 画
- 艶やかな情欲　石丸博子 画
- 恋慕の棘　天城れの 画
- 憎しみが愛に変わるとき　高階 佑 画
- 華やかな皇帝の憐愛　桜城やや 画

■水戸 泉
- 優しいその指で酷く　桜城やや 画

■水無月さらら
- ゲット・ア・フォーチュン　須賀邦彦 画

■桃さくら
- 艶やかに、あざやかに　しおべり由生 画

■柳まこと
- 溺れるほど、束縛　甲田イリヤ 画
- 帝王の愛人　史堂 櫂 画
- 龍は傍らでまどろむ ―帝王の愛人―　史堂 櫂 画
- 密着警護　明神 翼 画

■結城瑛朱
- 愛より甘い暴君　桜城やや 画
- あなたの指は僕を奏でる　すがはら竜 画
- 恋愛小説家の初恋　一馬友巳 画
- 君だけに触れる快楽　桜城やや 画

■義月粧子
- 運命を喰らうとき　須賀邦彦 画
- 運命を統べるとき　須賀邦彦 画
- かりそめの婚約者　夜桜左京 画
- 破滅の爪痕　須賀邦彦 画
- 情牙の爪痕　須賀邦彦 画

■四谷シモーヌ
- 海帝は白薔薇に誓う　DUO BRAND. 画

■六堂葉月
- エゴイストの調教術　巴 里 画
- 桜の園の囚人。　巴 里 画
- 蝶ひらり、花ふわり　天城れの 画
- 檻の中の楽園。　笹生コーイチ 画
- サーマラカンの花嫁～熱砂の虜～　タクミユウ 画
- 熱砂の王子は囁きすら淫ら　緒田涼歌 画
- マフィアン・バンビーノの激愛　六芦かえで 画

■渡海奈穂
- 夢は本当の恋になる　高階 佑 画

ARLES NOVELS

ARLES NOVELSをお買い上げいただきましてありがとうございます。
この本を読んだご意見、ご感想をお寄せ下さい。

〒111-0053
東京都台東区浅草橋1-13-3
㈱ワンツーマガジン社　ARLES NOVELS編集部
「華藤えれな先生」係　／　「梨とりこ先生」係

**幾千もの夜の秘めごと**

2010年4月10日　初版発行

■著　者
華藤えれな


■発行人
齋藤　泉

■発行元
株式会社 ワンツーマガジン社
〒111-0053
東京都台東区浅草橋1-13-3

■Tel
03-5825-1212

■Fax
03-5825-1213

■HP
http://www.arlesnovels.com(PC版)
http://www.arlesnovels.com/keitai/(モバイル版)

■印刷所
中央精版印刷株式会社

乱丁本・落丁本はお取り替えいたします。

ISBN978-4-86296-192-1 C0293
Printed in JAPAN